图2-1 秦川公牛

图2-2 秦川母牛

图2-3 鲁西公牛

U0127632

图2-5 南阳公牛

图2-6 南阳母牛

图2-7 晋南公牛

图2-8 晋南母牛

图2-9 延边公牛

图2-10 延边母牛

图2-11 郏县红牛（公）

图2-12 郏县红牛（母）

图2-13 渤海黑牛（公）

图2-14 渤海黑牛（母）

图2-15 新疆褐牛（公）

图2-16 新疆褐牛（母）

图2-17 安格斯公牛

图2-18 安格斯母牛

图2-19 复州公牛

图2-20 复州母牛

图2-22 西门塔尔公牛

图2-23 西门塔尔母牛

图2-24 利木赞公牛

图2-25 利木赞母牛

图2-26 夏洛莱公牛

图2-27 夏洛莱母牛

图2-28 海福特公牛

图2-29 海福特母牛

图2-30 荷斯坦公牛

图2-31 荷斯坦母牛

图2-32 原种蒙古公牛

图2-33 原种蒙古母牛

图2-36 草原红牛（公）

图2-37 草原红牛（母）

图2-38 三河公牛

图2-39 三河母牛

图2-40 科尔沁公牛

图2-41 科尔沁母牛

家庭养殖致富丛书

家庭高效 **肉牛**
生产技术

◎ 庞连海 编著
◎ 李君喜 张克菊 审

JIATING GAOXIAO ROUNIU
SHENGCHAN JISHU

化学工业出版社

·北京·

本书基于作者常年指导肉牛养殖的实际经验，进行全方位的梳理和总结，对当前肉牛养殖的问题进行了分析，给出了解决思路和办法，对农户的生产经营进行手把手的指导，给出了具体的成本利润分析、如何根据市场需求和销路选择合适的肉牛品种、肉牛增肥去势技术、养殖场的规划建设、养殖过程中的关键问题、饲料的加工调配、废弃物的综合利用、主要病害防治、相关的政策等。每章前均有重点内容概括，对文中关键内容、农谚、经验诀窍等重点标示。

本书语言通俗易懂，内容易于掌握，能够直接指导没有饲养经验的农户和初学者从事实际生产，适于作为广大肉牛养殖户和农村技术员的指导用书，也可作为畜牧养殖及动物营养等专业师生的参考用书。

图书在版编目（CIP）数据

家庭高效肉牛生产技术/庞连海编著．—北京：化学
工业出版社，2011.5
（家庭养殖致富丛书）
ISBN 978-7-122-10687-2

Ⅰ．家…　Ⅱ．庞…　Ⅲ．肉牛-饲养管理　Ⅳ．S823.9

中国版本图书馆 CIP 数据核字（2011）第 035538 号

责任编辑：李　丽　　　　　　文字编辑：张春娥
责任校对：战河红　　　　　　装帧设计：韩　飞

出版发行：化学工业出版社
　　　　　（北京市东城区青年湖南街 13 号　邮政编码 100011）
印　　刷：北京永鑫印刷有限责任公司
装　　订：三河市万龙印装有限公司
850mm×1168mm　1/32　印张 6¾　彩插 2　字数 190 千字
2011 年 6 月北京第 1 版第 1 次印刷

购书咨询：010-64518888（传真：010-64519686）　售后服务：010-64518899
网　　址：http://www.cip.com.cn
凡购买本书，如有缺损质量问题，本社销售中心负责调换。

定　　价：**19.90 元**

前 言

　　肉牛养殖是农户从事畜牧业，可以获取较大养殖收益的主要行业之一。近几年来，国家为了稳定畜禽生产，不断出台支持畜牧业健康发展的相关政策，使猪、奶牛等产业的标准化水平不断提高，有效地保障了人们对最基本肉及奶食品的需求。而肉牛产业与此相反，其养殖仍然沿袭着古老的方式，这与日益发展的农村经济很不协调。为使这一产业向更深、更广的方向发展，我们必须依靠科学知识、扩大饲养规模、降低养殖成本，去争取最大的经济效益。

　　目前，全国肉牛产业正处在一个关键的发展时期，农村城市化的发展要求将逐渐改变以传统的、家庭作坊式的、自繁自养方式为主体的生产方式，取而代之的是新形势下的规模养殖、集约化生产，并要满足无公害要求。面对国内肉牛本地繁育、异地育肥的特点，坚持发展草原、山区规模奶牛场繁育以及农区规模养殖，是推进传统畜牧业向现代化畜牧业转变的有效途径。这就迫切要求农户必须了解和掌握新形势下肉牛养殖方面的专业知识、改变原有的经营理念、扩大饲养规模以及提高养殖的科技含量，以生产适销对路品种、科学管理为基础、健康养殖为宗旨，全力打造新形势下的现代化肉牛产业。为此，我们根据多年的实际经验，参照国家的有关法律、法规、技术标准，在查阅大量资料的基础上，结合产业实际情况，与许多知名专家教授切磋，在2010年4月编写的《架子牛快速育肥生产技术》的基础上，进一步细化编写了《家庭高效肉牛生产技术》这本实践性较强的肉牛饲养专业手册。

　　由于时间仓促，作者水平有限，本书在指导实际生产中难免会出现一些问题，如有疑点和纰漏，请及时与编制人员联系，以求共同探讨解决。

编者

2011 年

目 录

第一章 肉牛产业的基本现状及发展趋势 ……………………………… 1

第一节 我国肉牛业的基本现状及存在问题 …………………………… 1
一、 基本现状 ……………………………………………………… 1
二、 存在的问题 …………………………………………………… 2
第二节 我国牛肉消费及产业的发展趋势分析 ……………………… 3
第三节 我国肉牛产业的相关政策 …………………………………… 4
第四节 我国农户肉牛生产利润分析 ………………………………… 4
第五节 目前农户发展肉牛养殖的对策及前景分析 ………………… 5

第二章 我国农户主要饲养的肉牛品种 ……………………………… 7

第一节 以生产高中档部位肉为主的南牛系列品种 ………………… 7
一、 秦川牛 ………………………………………………………… 8
二、 鲁西黄牛 ……………………………………………………… 9
三、 南阳牛 ………………………………………………………… 10
四、 晋南牛 ………………………………………………………… 11
五、 延边牛 ………………………………………………………… 12
六、 郏县红牛 ……………………………………………………… 14
七、 渤海黑牛 ……………………………………………………… 15
八、 新疆褐牛 ……………………………………………………… 16
九、 安格斯 ………………………………………………………… 17
十、 复州牛 ………………………………………………………… 18
十一、 改良后的日本和牛 ………………………………………… 19
第二节 以生产中低档部位肉为主的改良牛系列品种 ……………… 19
一、 西门塔尔牛 …………………………………………………… 20
二、 利木赞牛 ……………………………………………………… 21
三、 夏洛莱牛 ……………………………………………………… 22

四、海福特 …………………………………………………… 23

五、荷斯坦牛 ……………………………………………… 24

第三节 具有品质开发潜力的蒙古牛系列品种 …………… 25

一、蒙古牛 ……………………………………………… 26

二、草原红牛 …………………………………………… 27

三、三河牛 ……………………………………………… 28

四、科尔沁牛 …………………………………………… 29

第三章 牛的消化系统构造特点和生长发育规律 …………… 32

第一节 牛的消化系统构造 ………………………………… 32

一、消化系统的构造 …………………………………… 32

二、牛的消化利用特点 ………………………………… 34

三、牛的采食习性 ……………………………………… 36

第二节 肉牛的生长发育规律 ……………………………… 38

一、生长发育概念 ……………………………………… 38

二、牛生长发育的阶段划分和生长计算 ……………… 39

三、牛生长发育各阶段的特点 ………………………… 40

四、肉牛生长发育的不平衡性 ………………………… 42

第三节 影响肉牛生长发育的因素 ………………………… 45

一、品种决定着肉牛生产的经济效益 ………………… 45

二、性别直接影响着肉牛的生长发育速度 …………… 46

三、杂种优势利用 ……………………………………… 46

四、年龄与肉牛的营养需求 …………………………… 48

五、生产中营养对肉牛生长的界定 …………………… 48

六、影响肉牛生产的管理因素 ………………………… 49

第四章 肉牛生长的环境影响因素 …………………………… 50

第一节 温度 ………………………………………………… 50

第二节 湿度 ………………………………………………… 52

第三节 光照 ………………………………………………… 53

第四节 环境质量 …………………………………………… 53

一、有毒有害气体 ……………………………………… 53

二、饲养密度 …………………………………………… 54

三、牛舍中的粉尘 …………………………………………… 54

第五节 疫病对肉牛生长的影响 …………………………… 55

一、各类应激对肉牛的影响 ………………………………… 55

二、传染病对肉牛生长的影响 ……………………………… 56

三、寄生虫病对肉牛生长的影响 …………………………… 56

四、营养性疾病对肉牛生长的影响 ………………………… 56

第五章 肉用牛的选择技术和原则 ………………………… 58

第一节 肉牛的体型外貌 …………………………………… 58

一、肉牛的体型外貌特征 …………………………………… 58

二、肉牛的主要分区部位特征 ……………………………… 59

第二节 肉牛体型外貌的鉴定方法 ………………………… 62

一、肉牛体型外貌鉴定 ……………………………………… 62

二、体重测定 ………………………………………………… 64

第三节 牛的年龄鉴定 ……………………………………… 65

一、根据牙齿鉴别年龄 ……………………………………… 65

二、根据外貌鉴别年龄 ……………………………………… 67

第六章 公牛的去势技术 …………………………………… 70

第一节 公牛与去势公牛的饲养差别 ……………………… 70

一、公牛与去势公牛的增重比较 …………………………… 70

二、公牛与去势公牛的饲养效益比较 ……………………… 70

三、公牛与去势公牛育肥后的牛肉品质比较 ……………… 71

四、公牛去势早晚对增重的影响 …………………………… 73

第二节 公牛去势技术在生产中的广泛应用 ……………… 74

第三节 生产中常使用的公牛去势方法 …………………… 75

一、绳扎去势法 ……………………………………………… 75

二、化学去势法 ……………………………………………… 76

三、机械去势法 ……………………………………………… 76

四、勒善法 …………………………………………………… 77

五、锤善法 …………………………………………………… 77

六、手术法 …………………………………………………… 78

第四节 公牛去势中常见的并发症及治疗方法 …………… 78

一、 阉割后出血不止 ················· 78

二、 内出血 ····················· 78

三、 阴囊炎 ····················· 79

四、 阴囊硬肿 ···················· 79

五、 伤口蝇蛆病 ··················· 79

第七章 专业养殖户和规模化养牛场牛棚舍的建设 ········· 80

第一节 肉牛场址的选择 ··············· 80

第二节 肉牛规模养殖场的规划与布局 ········· 81

第三节 肉牛牛舍的建筑要求 ············· 84

第四节 300 头肉牛规模养殖场建设测算 ········ 89

一、 牛场布局的设计 ················ 89

二、 牛场资金投入的计算 ·············· 90

三、 牛场人员使用安排 ··············· 91

四、 300 头小规模养殖场的主要设备要求 ······· 92

第八章 肉牛粗饲料的加工调制 ············ 94

第一节 秸秆微贮饲料制作技术 ············ 95

第二节 秸秆的青贮处理技术 ············· 95

一、 青贮饲料的开发利用 ·············· 95

二、 青贮原理和青贮池的设计类型 ·········· 96

三、 青贮饲料调制要点 ··············· 100

四、 青贮饲料的品质鉴定 ·············· 101

五、 青贮的利用 ·················· 101

六、 青贮饲料的优点 ················ 101

第三节 玉米秸秆的新型储备技术 ··········· 103

第九章 肉牛的营养需求及日粮配制 ·········· 105

第一节 肉牛饲料原料的营养成分与种类 ········ 105

一、 饲料中各种营养成分及作用 ··········· 105

二、 饲料的种类 ·················· 107

第二节 育肥牛的营养需求 ·············· 113

第三节 育肥牛添加剂的使用技术 ··········· 116

一、 增重剂的使用 ························· 116

二、 瘤胃素的应用 ························· 118

三、 非蛋白氮的应用 ······················· 118

四、 非常规饲料添加剂的使用 ············· 118

五、 抗生素的实际应用 ····················· 119

第四节 如何有效科学地降低饲料成本 ············ 119

第五节 怎样自制高质量饲料 ················· 120

第六节 育肥牛日粮配方实例 ················· 127

第七节 华北地区育肥牛的日粮配方 ············ 130

第十章 高档牛肉的生产要求 ················· 133

第一节 肉牛品种的要求 ················· 133

一、 选择具有生产高档牛肉潜力的肉牛品种 ····· 133

二、 选择增重较快的品种 ················· 134

三、 选择牛肉品质优良的品种 ············· 134

四、 选择饲养效益较好的品种 ············· 134

第二节 肉牛年龄的要求 ················· 135

一、 合理把握肉牛的饲养时间 ············· 135

二、 牛肉品质与年龄的控制 ··············· 135

第三节 肉牛性别的要求 ················· 136

第四节 日粮的营养要求 ················· 137

第十一章 提高肉牛养殖效益的主要途径 ············ 139

第一节 科学有效地降低养殖成本 ············ 139

一、 加强成本核算，降低养殖成本 ··········· 139

二、 提高饲料的有效利用率 ··············· 139

三、 合理设岗和配置设备 ················· 141

四、 做好养殖场的饲养管理工作 ············ 141

第二节 做好肉牛市场的营销工作 ············ 142

一、 做好市场调查，确定发展思路 ··········· 142

二、 准确掌握市场信息，合理安排生产 ········· 143

三、 寻求信誉好的需求厂家，增加经济收入 ····· 143

四、 合理设定肉牛养殖场的建设水平 ········· 143

第三节　发展绿色健康的无公害产品 ················· 144

第十二章　育肥牛的饲养管理技术 ················· 145

第一节　肉牛育肥的基本原理 ················· 145
第二节　育肥牛的选购 ················· 146
第三节　育肥期管理 ················· 150
　　一、育肥前期的饲养管理 ················· 150
　　二、育肥中期的饲养管理 ················· 151
　　三、育肥后期的饲养管理 ················· 153
　　四、肉牛产品的安全生产 ················· 155
第四节　牛育肥后出栏时间的判定 ················· 155

第十三章　常见疫病的诊断与治疗 ················· 158

第一节　内科疾病 ················· 158
　　一、前胃弛缓 ················· 158
　　二、瘤胃积食 ················· 159
　　三、瘤胃臌气 ················· 160
　　四、胃肠炎 ················· 162
　　五、创伤性心包炎 ················· 162
　　六、创伤性网胃炎 ················· 162
第二节　牛的传染病 ················· 163
　　一、炭疽 ················· 163
　　二、口蹄疫 ················· 164
　　三、布氏杆菌病 ················· 165
　　四、结核 ················· 166
　　五、感冒 ················· 167
　　六、肺炎 ················· 168
　　七、牛流行热 ················· 168
　　八、放线菌病 ················· 170
　　九、牛病毒性腹泻 ················· 170
第三节　牛的寄生虫病 ················· 171
　　一、牛皮蝇蛆病 ················· 171
　　二、牛新蛔虫病 ················· 172
　　三、消化道线虫病 ················· 173

四、 疥癣病 ……………………………………… 173

五、 牛肝片吸虫病 ……………………………… 174

第四节 牛常见的中毒病 ………………………… 175

一、 棉籽饼中毒 ………………………………… 175

二、 牛酒糟中毒 ………………………………… 176

第十四章 肉牛无公害生产的基本要求 ……… 177

第一节 国家对肉牛安全生产的基本政策 ……… 177

第二节 药物及添加剂的合理使用 ……………… 178

一、 禁止使用的药物和添加剂 ………………… 178

二、 严格执行药物的配伍禁忌 ………………… 179

三、 严格执行药物休药期 ……………………… 180

四、 正确合理使用驱虫药物 …………………… 181

第三节 怎样使用牛场消毒剂 …………………… 181

第十五章 废弃产品的综合利用 ……………… 184

第一节 粪便污染综合利用技术分析 …………… 184

一、 畜禽粪尿对环境的危害 …………………… 184

二、 畜禽粪尿的综合利用技术模式 …………… 185

第二节 粪便综合利用技术 ……………………… 185

一、 利用牛粪生产有机肥 ……………………… 185

二、 牛粪燃料棒加工处理技术 ………………… 186

三、 利用牛粪种植食用菌或制作饲料 ………… 187

四、 利用牛粪发酵处理技术生产沼气 ………… 189

附件一 疫苗免疫注意事项 …………………… 192

附件二 架子牛参考免疫程序之一 …………… 193

附件三 肉牛养殖效益分析 …………………… 194

附件四 部位肉分解与肉质图 ………………… 197

参考文献 ……………………………………… 199

第一章　肉牛产业的基本现状及发展趋势

（通过对本章的学习，基本了解我国肉牛产业发展的现状和未来形势的变化。这便于养殖户根据市场的变化规律，把握投资，回避市场风险，从而有效地提高养殖效益。）

　　肉牛是我国畜牧生产的重要组成部分之一。20 世纪末，随着人民生活水平和农业机械化水平的不断提高，养牛业完成了从传统的役用向肉乳用的商品生产方式的转变，不断增加和完善的大中型屠宰加工厂有效地带动了养牛业的发展，农民养牛技术得到了充分发挥。近几年，由于农村城市化的发展要求，部分养殖户弃牧从商、从工，以及部分屠宰厂大量宰杀母牛和犊牛，打破了原有的肉牛产业平衡，牛源面临着严重短缺；而且牛肉也是伊斯兰教民必需的肉食品。因此，肉牛产业的稳定性无论是从保护畜牧资源平衡，还是从维护民族团结来说，都应该引起全社会的广泛关注。

第一节　我国肉牛业的基本现状及存在问题

一、基本现状

　　我国有着丰富的品种牛资源，分布从南至北、由东到西极为广泛，形成了蒙古牛、华北牛及华南牛三条肉牛带。1986 年，全国肉牛存栏总量为 16000 万头左右；其中秦川牛、晋南牛、南阳牛、鲁西牛和草原红牛为我国五大著名品种。20 世纪 70 年代，我国先后由国外引进了海伏特、夏洛来、利木赞、西门塔尔等兼用品种牛，用来杂交改良当地牛，取得了不同程度的进展和效果，为肉牛生产提供了不少经验和借鉴。过去，我国牛的养殖一直以役用为主，没有给它展示肉用性能的环境。20 世纪 80 年代，我国屠宰业与国际接轨，引用先进的屠宰加工技术，打破了历来高档肉靠进口的历史，牛的肉用性能逐渐显现出来。经研究表明，我国黄牛经适当育肥后屠宰，具有品质上乘、风味浓郁、多汁细嫩、蛋白质含量低等特点，深受广大食客的喜爱。2000年以后，随着我国屠宰加工业的崛起，良好的肉牛来源越来越紧张，存栏量逐年下降，到2009年底，全国肉牛存栏总量为6600万头左右，下降了58.7%。肉牛产业受到了前所未有的挑战。

我国屠宰的肉牛以山区、草原繁育，其余地区小户分散饲养为主，大型肉牛育肥场和规模饲养场出栏量很少，仅占到10%左右。在传统的肉牛饲养或育肥过程中，缺少专用的饲料添加剂，育肥方法陈旧，造成育肥期长、育肥效率低、牛肉质量差，产品缺乏竞争力。

二、存在的问题

随着我国经济的快速发展，肉牛产业表现相对滞后。

① 基础养殖薄弱，养殖总量呈下降趋势。近几年，受肉牛养殖繁殖率低，养殖周期长，风险高，见效慢以及饲料价格上涨，育肥架子牛紧缺，小规模养殖利润低，工作环境差，以及如果要扩大养殖规模，申请土地比较困难等多种因素的影响，农民养牛的积极性受挫，全国总养殖户数逐年减少，总养殖量也随之下降。

② 在饲养方式上，表现出规模小、养殖分散、方法陈旧、生产水平低等特点，对市场和价格信息反应滞后，承担市场风险能力差。

③ 屠宰加工业面临危机。由于近几年来屠宰加工企业大量刺杀肉牛、母牛、犊牛，造成我国肉牛资源严重短缺，无法满足企业的屠宰需求。

④ 科技含量低，产业链条缺乏有效延伸。我国肉牛在养殖环节上表现为品种单一，育肥质量差，不适应现代畜牧业发展的需求。在屠宰加工环节上，基本上是以粗加工为主，不仅价格较低，影响企业的效益，而且也不具有竞争力。在产业资源利用、延伸产业链条上，虽然有一些小规模肉牛加工企业，但多数还是处于简单的粗加工阶段，缺少科技含量，造成大量资源外流或没有开发利用全部而浪费，中断了资源的再利用。

⑤ 缺乏有效的政策保护体系，致使肉牛屠宰没有计划和限制，造成肉牛屠宰资源短缺。

第二节 我国牛肉消费及产业的发展趋势分析

在我国畜禽生产过程中，一直是以发展生猪为主，猪肉产量占肉类总量的90%左右，最高时期达到95%。近几年来，由于畜禽结构的转变，我国肉类结构也向着多样化、合理化方向转变。1993年，肉类总产量为3841.5万吨，其中猪肉为2854.4万吨，占74.3%；牛肉233.6万吨，占6.1%；禽肉约为573.6万吨，占14.9%；羊肉137.3万吨，占3.6%。而2005年世界肉类结构调查结果显示：猪肉占55.8%，牛肉13.7%，禽肉约为22.8%，羊肉5.8%，其他1.9%。2008年中国牛肉产量613.2万吨，比2000年增加19.5倍，牛肉产量占全国肉类总产量的8.4%；占世界牛肉总产量的10%，而且正以年均约4%的速度上升，产量仅次于美国和巴西，位居世界第三位。但是人均牛肉的消费量只有4.3千克，低于世界平均9.8千克水平。因此，肉牛产业有着广阔的发展前景。

在今后几十年，随着经济的发展，牛肉需求量也将逐年增加。但由于肉牛后备资源严重短缺，将造成部分地区牛肉供不应求；肉牛产业将面临前所未有的挑战。据有关统计：1980年我国城市居民人均牛肉的年消费量是1.0千克，农村居民人均牛肉的消费量是0.34千克；到2008年分别增加到6.5千克和2.0千克，分别增长550%和488%。

要维持我国肉牛业可持续发展，最好的办法是走产业化经营的道路。就是贸工农一体化，产供销一条龙。产业化经营不是"产供销"的简单拼凑，而是一个由"产供销、贸工牧、经科教"相结合的有机整体，是完整的、开放的系统。它的顺利实施必须具备区域基础、动力、服务和容量等各方面的条件，实行农区和牧区共同发展战略，维护短时期内肉牛产业的良性发展。

目前，我们应抓住国内外牛肉消费量增加的有利时机，采取一些政策措施，拓展牛肉国际市场，增加牛肉的产量。第一，国家扶持建立肉牛生产基地。在草原地区发展幼牛，成年后转到粮食主产区异地育肥，实行育肥、屠宰、销售一体化和规模化经营。第二，改良肉牛的品种，科学地饲养管理，提高肉牛的品质和单位胴体重。第三，加快奶牛规模场建设，稳固后续牛源。第四，充分利用秸秆青贮饲料，科学地发展配合饲料，提高饲料品质。第五，整顿肉类屠宰加工行业，按照"中华人民共和国动物防疫法"对现有屠宰加工场点进行检查整顿，同时开展牛肉分级研究工作，逐步建立全国统一的分级标准。第六，严格实施检疫制度，保证进出口牛肉的卫生安全。

第三节　我国肉牛产业的相关政策

虽然我国的肉牛业有了一定的发展，但近年来也出现了不可忽视的问题：一是肉牛养殖农户大幅度减少，二是能繁母牛存栏数量减少。随着肉牛群体数量的日趋缩小，能繁母牛结构和数量出现萎缩，而犊牛繁育已成为影响我国肉牛业发展的主要问题。为此，国家下拨了专项资金，对部分地区进行扶持：一是对肉牛良种繁育工程进行政策性补贴，重点加强肉牛原种场、扩繁场、种质资源场建设，每个良种场补助投资 200 万元，每个扩繁场、种质资源场补助投资 100 万元；二是对推广肉牛人工授精率超过 30％的县使用良种精液给予补贴。但这些扶持政策，只能提高优良品种的覆盖率，却远远不能从根本上解决牛源短缺问题。为此，种源地区为了保护地方品种和资源，加大了地方刺激肉牛产业健康发展的保护政策，如山东省某地区对出栏肉牛的养殖户实施每头牛 100 元的养殖补贴，内蒙古对育肥后不出关的养殖户免收检疫费并政策性补贴 100元；但这些政策还是不能够完全有效地维持肉牛产业的健康发展。

为加强肉牛产业的后备力量和巩固肉牛的品牌地位，亟须改善基础设施、提高科技水平、扩大规模化程度。要达到这个目标，仅仅依靠市场和个人是不够的。为此，政府加大对肉牛产业的扶持，以稳定和发展肉牛产业是很有必要的。

第四节　我国农户肉牛生产利润分析

据大厂县畜牧兽医局对饲养一头肉牛的经济效益分析：采购一头 250 千克左右的架子牛，市场价格为每千克 15 元，育肥期按 5个月计算，平均日增重 1.6 千克，5 个月后体重可达 490 千克。平均日消耗饲料、防疫、雇工、水电费、折旧费共 15 元，出售价格为每千克 15 元，饲养一头 250 千克左右架子牛平均月利润仅为 270 元左右。饲养一头犊牛的经济效益分析为：3～6 个月的犊牛，体重一般在 175 千克以内；现以 150 千克犊牛为例，犊牛的市场价格为每千克 20 元，育肥期按 6 个月计算，平均日增重 1.65 千克，平均日消耗饲料、防疫、雇工、水电费、折旧费共 15 元，出售价格为每千克 15 元，饲养一头犊牛的平均月利润仅为 167 元左右。饲养一头适龄母牛的经济效益分析为：目前，母牛的市场价格为每千克 14.8 元，母牛在饲养期间按 12 个月成功产下一头健康犊牛计算，日消耗饲料、防疫、雇工、水电费用 5.5 元；犊牛 3 个月的平均体重 90 千克，市场价格为每千克 24 元，饲养一头母牛平均月利润 100 元左右（犊牛的销售价格＋母牛每年增加重量 70 千克的价值－母牛的饲养成本－犊牛的饲养成本）。

综上所述，肉牛养殖过程中效益的高低，与规模的大小关系密切；养殖规模越大，市场竞争力越强，经济效益越高；所以，我们提倡规模养殖。据业内有关部门调查：同样投资 10.0 万元，按照目前的行情，养猪全年可获得 5.5 万～6.5 万元利润，养鸡全年可获得 6.5 万～7.5 万元利润，而养牛全年最多可获得 4.5 万～5.5 万元利润。但由于牛的价格稳定，饲养管理方法简单，且牛发病率明显低于猪、鸡，是广大养殖爱好者首选的畜种之一。

第五节 目前农户发展肉牛养殖的对策及前景分析

目前，我国的肉牛屠宰业正处在一个发展时期，所有的屠宰场不分品种、年龄、性别，一味地追求产量，导致育肥牛源紧张，长此以往，将直接影响整个产业的健康发展。为此，养殖户应根据自己的实际情况，长远规划肉牛产业，调整生产战略，确保养殖利益的最大化。

一是坚持自繁自养，筹建与肉牛养殖场相适应的奶牛场，通过奶犊牛解决牛源不足的紧张局面。

二是转变生产方式，提高规模化程度。为改善农村生产生活环境，提高养殖效益，按每 30 头牛一个劳力的标准，筹建能容纳百头以上的肉牛规模养殖场；并寻求与现代化屠宰场合作，建立订单农业，以保证肉牛较高的价格。

三是抓季节差，集中采购。根据山区、草原架子牛上市销售的特点，制订养殖场的全年采购、销售计划。在冬季犊牛育成后或冬季未能及时出售的架子牛集中上市的3月、4月进行集中采购补栏；在秋季架子牛膘情最好的8月、9月、10月进行补栏采购。此时是架子牛价格较低、牛源最为广泛的时期。

四是通过体重控制出栏时间。目前，肉牛养殖出栏时间的确定是由体重来决定的。一般来讲，150千克的架子牛，育肥期为7～10个月；200千克的架子牛，育肥期为6～7个月；250千克的架子牛，育肥期为5～6个月；300千克的架子牛，育肥期为4～5个月。草原250千克左右的架子牛，育肥期为3个月左右。所以，我们可根据山区、草原架子牛上市销售的特点、体重大小、育肥期长短、屠宰场的需求合理制订生产计划，以确保肉牛定时出栏。

我国加入世贸组织以来，参与国际市场农产品竞争，最有竞争力的不是粮油，而是牛、羊、驴、猪等畜禽肉。随着人们生活水平的不断提高，对牛肉的需求量日益增大，牛肉价格上涨空间还比较大。目前国际国内肉牛市场需求正旺，中国肉牛在世界市场上的竞争力明显增强，高档肥牛肉在欧盟、美国、日本、俄罗斯和中东国家十分畅销，市场潜力巨大。

21世纪，畜牧业逐渐成为振兴农村经济的主导产业之一。自20世纪90年代后期，养牛业一直保持着良好的发展势头。世界农业发达国家很重视养牛，在畜牧业中，产值占首位的是牛而不是猪。这是因为，发展养牛所需劳动力和建筑材料较少，抗风险能力强，获利大，而且以粗饲料为主，在饲草品质优良的情况下，不吃或少吃粮食也能育肥；农作物秸秆、籽皮其他畜禽很难利用，对牛却是良好的饲料。强度育肥的牛只，屠宰后肌肉中含有丰富的蛋白质、维生素 B_6、结合亚油酸，其氨基酸组成比其他肉类更接近人体需求，尤其是胆固醇和脂肪含量低，这可以增粗肌肉、有效对抗强烈运动造成的组织损伤，防止肥胖病和心血管疾病的发生。另外，牛肉中还含有丰富的铁、钾、锌、镁、丙氨酸，对支持肌肉生长以及胰岛素合成代谢有着重要作用；经常吃牛肉的人可以从牛肉中获取均衡健康的营养物质。况且，牛在饲养过程中疾病发生少，价格稳定，是农民靠养殖致富的好路子。

第二章 我国农户主要饲养的肉牛品种

(本章简单介绍了我国 2009 年架子牛养殖的主要品种，结合近几年的成功经验，我们认为：四大黄牛等品系育肥效果明显，但缺乏牛源保障。西门塔尔、荷斯坦牛虽然育肥效果不太理想，但是未来的发展趋势。)

我国在长期的肉牛饲养过程中，优胜劣汰，育肥所用品种全部符合屠宰需求，并具有良好的生产性能和一定数量的群体。目前，国内市场育肥牛主要以秦川牛、鲁西牛、南阳牛、晋南牛、延边牛、郏县红牛、渤海黑牛、草原红牛、新疆褐牛、安格斯牛、复州牛、西门塔尔、利木赞、夏洛莱、荷斯坦牛（黑白花）、蒙古牛、三河牛、科尔沁牛等多个系列品种为主；经强度育肥后的肉牛可形成高档、中档、低档不同等级的部位肉，以下将从生产的角度对市场上的主要肉牛品种进行简单介绍。

第一节 以生产高中档部位肉为主的南牛系列品种

以生产高中档部位肉为主要饲养目的的南牛系列品种，主要有秦川牛、鲁西牛、南阳牛、晋南牛、延边牛、郏县红牛、渤海黑牛、草原红牛、新疆褐牛、安格斯牛、复州牛、改良后的日本和牛后代和部分的三河牛、科尔沁牛。这些品种经强度育肥后，专供以高档肉为主的大中型屠宰加工厂，屠宰后产品面向各大高级宾馆、饭店；主要食用方法以西式涮、烤、煎、炒等烹饪方式为主。

南牛系列品种的主要特点为：包括各种全身皮毛颜色单一、品系纯正的地方品种，牛源以产地为主，饲养年龄以 1.5 岁以上的去势公牛为主。饲养时平均体重超过 300 千克，强度育肥期 4～6 个月，育肥后销售价格高且渠道畅通；屠宰后高档肉出成率高。但肉牛饲养成本高，精料耗费量高，料肉比低；牛源紧张，环境适应能力差。

一、秦川牛

秦川牛是我国著名优良黄牛品种之一，居全国五大良种黄牛之首（秦川牛、南阳牛、鲁西牛、延边牛、晋南牛），属大型役肉兼用品种。原产于陕西省渭河流域的关中平原地区，现以咸阳、兴平、乾县、武功、礼泉、扶风和渭南等地的秦川牛最为著名，陕西渭北高原的部分地区和河南的西部以及甘肃的庆阳地区也有分布。因役肉兼用和肉质上乘而驰名中外。目前，主产区秦川牛总数约148万头左右。

1. 外貌特征

秦川牛体格高大，骨骼粗壮，肌肉丰满，体质强健，头部方正；肩长而斜，胸宽深，肋长而开张，背腰平且宽广，长短适中，结合良好，荐骨隆起，后躯发育稍差，四肢粗壮结实，两前肢相距较宽，有外弧现象，蹄叉紧。公牛头较大，颈粗短，垂皮发达，鬐甲高而宽；母牛头清秀，颈厚薄适中，鬐甲较低而薄，角短而钝，多向外下方或向后稍微弯曲。毛色有紫红、红、黄三种，以紫红和红色居多，约占总数的80%左右（图2-1、图2-2，彩图见文前）。

图 2-1　秦川公牛　　　　　　图 2-2　秦川母牛

2. 生产性能

秦川牛成熟早，增重快，屠宰率、瘦肉率、骨肉比等指标都较高。成年公牛平均体高（141±6）厘米，体长（160±12）厘米，胸围（200±14）厘米，管围（23±1.8）厘米，体重（595±117）千克；成年母牛平均体高（125±6）厘米，体长（140±1.6）厘米，胸围（170±12）厘米，管围（17±1.5）厘米，体重（381±72）千克。秦川牛役用性能好，最大挽力为体重的 71.7%～77.0%，是理想的杂交配套品种。

该牛在中等饲养条件下，6～18 月龄阉牛日增重 0.7 千克，18 月龄屠宰体重一般可达 400 千克，屠宰率 60.75%，净肉率 52.21%，瘦肉率 76.06%，其肉质细嫩，柔软多汁，色泽鲜红，具大理石纹。有"细嫩、具纹、烙饼牛羹，膏脂润香"的史载。其肉含高蛋白质和多种氨基酸，脂肪低。产肉性能与国外著名肉用牛品种接近或超过。

二、鲁西黄牛

鲁西黄牛是我国著名的"五大地方良种"之一。主要产于山东省西南部的菏泽和济宁两地区，北自黄河，南至黄河故道，东至运河两岸的三角地带。分布于济宁地区的嘉祥、金乡、济宁、汶上和菏泽地区的梁山、郓城、鄄城、菏泽、巨野、单县、曹县等县、市。泰安以及山东的东北部也有分布。鲁西黄牛产肉率较高，肉质鲜嫩，经强度育肥的牛只脂肪能均匀地分布在肌肉纤维之间，形成明显的大理石花纹，故有"五花三层肉"之美誉，是世界上著名的肉用品种牛之一。目前，产区鲁西黄牛总数约 85 万头左右。

1. 外貌特征

鲁西黄牛体躯结构匀称，细致紧凑，为役肉兼用型。公牛多为平角、龙门角，母牛以龙门角为主。垂皮发达。公牛肩峰高而宽厚。胸深而宽，体躯明显地呈前高后低的前胜体型。母牛鬐甲低平，后躯发育较好，背腰短而平直，尻部稍倾斜。关节干燥，筋腱明显。前肢呈正肢势，后肢弯曲度小，飞节间距离稍短一些，蹄质致密但硬度较差。尾细而长，尾毛常扭成纺钎状。被毛从浅黄到棕红色，以黄色为最多，一般前躯毛色较后躯深，公牛毛色较母牛的深。多数牛的眼圈、口轮、腹下和四肢内侧毛色浅淡，俗称"三粉特征"。鼻镜多为淡肉色，部分牛鼻镜有黑斑或黑点。角色蜡黄或琥珀色。体型结构分为三类：高辕牛、抓地虎与中间型（图 2-3、图 2-4，彩图见文前）。

2. 生产性能

鲁西黄牛繁殖力较强，母牛一般 8～10 月龄即可配种怀胎，母

图 2-3 鲁西公牛

图 2-4 鲁西母牛

牛如初配年龄 1.5～2 岁，终生可产犊 7～10 头，产仔率较高，公牛性成熟略晚，一般两岁开始配种，可利用 5～7 年。鲁西黄牛个体高大，公牛体高 146.3 厘米，体长 160.9 厘米，胸围 206.36 厘米，体重 685.18 千克，最大体重 1040 千克。

鲁西黄牛 18 月龄的阉牛平均屠宰率 57.2%，净肉率 49.0%，骨肉比 1∶6.0，脂肉比 1∶4.23，眼肌面积 89.1 平方厘米。成年牛平均屠宰率 58.1%，净肉率为 50.7%，骨肉比 1∶6.9，脂肉比 1∶37，眼肌面积 94.2 平方厘米。肌纤维细，肉质良好，脂肪分布均匀，大理石状花纹明显。

三、南阳牛

南阳牛为全国"五大优良黄牛"中体格最大的品种，主要分布于河南省南阳市唐河、白河流域的广大平原地区，以南阳市郊区、唐河、邓州、新野、镇平、社旗、方城等八个县、市为主要产区。除南阳盆地几个平原县、市外，周口、许昌、驻马店、漯河等地区分布也较多。目前，产区南阳牛总数约 100 万头左右。

1. 外貌特征

南阳黄牛属大型役肉兼用品种。体格高大，肌肉发达，结构紧凑，皮薄毛细，行动迅速，鼻镜宽，口大方正，肩部宽厚，胸骨突出，肋间紧密，背腰平直，荐尾略高，尾巴较细。四肢端正，筋腱明显，蹄质坚实。牛头部雄壮方正，额微凹，颈短厚稍呈方形，颈侧多有皱襞，肩峰隆起 8～9 厘米，肩胛斜长，前躯比较发达；睾丸对称。母牛头清秀，较窄长，颈脖呈水平状，长短适中，一般中后躯发育较好。但部分牛存在胸部深度不够，尻部较斜和乳房发育较差。如图2-5、图2-6所示（彩图见文前）。

图2-5　南阳公牛　　　　　　　图2-6　南阳母牛

南阳黄牛的毛色有黄、红、草白三种，以深浅不等的黄色为最多，占80%，红色、草白色较少。一般牛的面部、腹下和四肢下部毛色较浅，鼻镜多为肉红色，其中部分带有黑点，鼻黏膜多数为浅红色。蹄壳以黄蜡色、琥珀色带血筋者为多。公牛角基较粗，以萝卜头角和扁担角为主；母牛角较细、短，多为细角、扒角、疙瘩角。公牛最大体重可达1000千克以上。

2. 生产性能

经肥育300天的18月龄公牛活重为413千克，胴体重233.30千克，屠宰率55.6%，净肉率46.60%，肉骨比5：1.1，眼肌面积92.60平方厘米，平均日增重0.813千克。经270天强度育肥的阉牛活重达510千克，屠宰率64.50%，净肉率56.80%，眼肌面积95.30平方厘米。其肉色鲜红，肉质细嫩，大理石纹明显。

南阳牛常年发情。初情期8～12月龄，发情期17～25天，妊娠期平均289.8天。产后第一次发情约77天。性成熟较早。平均泌乳期180～240天，平均泌乳量600～800千克，平均日产奶量1.5～3.0千克，乳脂率4.5%～7.5%。

四、晋南牛

晋南牛是中国五大地方良种之一。原产于山西省西南部汾河下游的晋南盆地。现分布在运城地区的万荣、河津、临猗、永济、运城、夏县、闻喜、芮城、新绛，以及临汾地区的候马、曲沃、襄汾等县、市。目前，产区晋南牛总数约44万头左右。

1. 外貌特征

晋南牛属大型役肉兼用品种。体躯高大结实，具有役用牛体型外貌特征。公牛头中等长，额宽，顺风角，颈较粗而短，垂皮比较发达，前胸宽阔，肩峰不明显，臀端较窄，蹄大而圆，质地致密；母牛头部清秀，乳房发育较差，乳头较细小。毛色以枣红为主，鼻镜粉红色，蹄趾亦多呈粉红色。晋南牛体格粗大，胸围较大，体较长，胸部及背腰宽阔，成年牛前躯较后躯发达，具有较好的役用体型（图2-7、图2-8，彩图见文前）。

图2-7　晋南公牛　　　　　　　　图2-8　晋南母牛

2. 生产性能

晋南牛成年公牛体高、体长、胸围、管围和体重分别为：138.6厘米、157.4厘米、206.3厘米、20.2厘米、607.4千克，成年母牛分别为：117.4厘米、135.2厘米、164.6厘米、15.6厘米、339.4千克。晋南牛具有良好的役用性能，挽力大，速度快，持久力强。晋南牛产肉性能尚好。

晋南牛是一个古老的役用牛地方良种，体型高大粗壮，肌肉发达，前躯和中躯发育良好，耐热、耐苦、耐劳、耐粗饲；在生长发育晚期进行肥育时，饲料利用率和屠宰成绩较好，但具有乳房发育较差、泌乳量低、尻斜而尖等缺点。

晋南牛母牛初情期约9～10月龄，产犊间隔14～18个月，妊娠期287～297天。泌乳期平均产奶量745千克，乳脂率5.5%～6.1%。

五、延边牛

延边牛是中国五大地方良种之一。原产于东北三省东部的狭长地带，分布在吉林省延边地区的延吉、和龙、汪清、珲春及毗邻各县；黑龙江省的宁安、海林、东宁、林口、汤元、桦南、桦川、依兰、勃利、五常、尚志、延寿、通河，辽宁省宽甸县及沿鸭江一带也有分布。延边牛是朝鲜牛与本地牛长期杂交的结果，混有蒙古牛的血液。延边牛抗寒性能良好，耐寒，耐粗饲，耐劳，抗病力强，适应水田作业。目前，产区延边牛总数约 20 万头左右。

1. 外貌特征

延边牛属役肉兼用品种。胸部深宽，骨骼坚实，被毛长而密，皮厚而有弹力。公牛额宽，头方正，角基粗大，多向后方伸展，成一字形或倒八字角，颈厚而隆起，肌肉发达。母牛头大小适中，角细而长，多为龙门角。毛色多呈浓淡有别的黄色，其中浓黄色占 16.3%，黄色占 74.8%，淡黄色占 6.7%，其他占 2.2%。鼻镜一般呈淡褐色，带有黑点。如图 2-9、图 2-10 所示（彩图见文前）。

图 2-9　延边公牛　　　　　图 2-10　延边母牛

2. 生产性能

延边牛自 18 月龄育肥 6 个月，日增重为 813 克，胴体重265.8 千克，屠宰率 57.7%，净肉率 47.23%，肉质柔嫩多汁，鲜美适口，大理石纹明显。眼肌面积 75.8 平方厘米。母牛初情期为8~9 月龄，性成熟期平均为 13 月龄；公牛性成熟期平均为 14 月龄。母牛发情周期平均为 20.5 天，发情持续期 12~36 小时，平均20 小时。母牛终年发情，7~8 月份为旺季。常规初配时间为 20~24 月龄。

六、郏县红牛

郏县红牛原产于河南省郏县，现主要分布于郏县、宝丰、鲁山三个县和毗邻各县以及洛阳、开封等地区部分县。为全国著名八大良种牛之一，属河南地方役肉兼用优良品种，以肉质细嫩、皮革柔韧而著称。目前，产区郏县红牛总数约15万头左右。

1.外貌特征

郏县红牛外貌比较一致，体格中等，体质结实，骨骼粗壮，体躯较长，从侧面看呈长方形，具有役肉兼用体型。垂皮较发达，肩峰稍隆起，尻稍斜，四肢粗壮，蹄圆大结实。公牛鬐甲宽厚，母牛乳房发育较好，腹部充实。毛色有红、浅红及紫红三种，红色占48.51%，浅红占24.26%，紫红占27.23%。红色和浅红色牛有暗红色背线及色泽较深的尾帚，部分牛的尾帚中夹有白毛。郏县红牛由于未经系统选育，故角形很不一致，以向前上方弯曲和向两侧平伸者居多，而向前下方弯曲者，在母牛中亦不少见。角偏短、质细密、富光泽，色泽以红色和蜡黄色，角尖呈紫红者为多。如图2-11、图2-12所示（彩图见文前）。

图 2-11　郏县红牛（公）　　　图 2-12　郏县红牛（母）

2.生产性能

郏县红牛成年公牛体高、体长、胸围、管围和体重分别为：(126.1 ± 7.0)厘米、(138.1 ± 6.2)厘米、(173.7 ± 11.8)厘米、(18.1 ± 1.2)厘米、(425.0 ± 64.5)千克，成年母牛分别为：(121.2 ± 6.2)厘米、(132.8 ± 7.2)厘米、(161.5 ± 7.8)厘米、(16.8 ± 1.2)厘米、(364.6 ± 47.2)千克。

在通常饲养管理条件下，母牛初情期为8～10月龄，初配年龄为 1.5～2 岁，使用年限一般至 10 岁左右，繁殖率为 70%～90%，产后第一次发情多在 2～3 个月，三年可产两犊，犊牛初生重 20～28 千克。母牛配种不受季节限制，一般多在 2 月、8 月配种。

郏县红牛肉质细嫩，肉的大理石纹明显，色泽鲜红。据测定，其熟肉率为 59.5%（范围 56.2%～64.8%）。据对 10 头 20～23 月龄阉牛，肥育后屠宰测定，平均胴体重为 176.75 千克，平均屠宰率为 57.57%，平均净肉重 136.6 千克，净肉率 44.82%。

七、渤海黑牛

渤海黑牛是我国八大名牛之一。主要产地为山东省滨州市渤海沿岸的无棣、沾化、阳信等县。分布于滨州、利津、垦利、广饶等县市，在潍坊市、德州市也有分布，但数量较少，是我国罕见的黑毛牛品种。目前产区约有渤海黑牛 6 万头左右。

1. 外貌特征

渤海黑牛全身尽呈黑色，低身广躯，后躯发达，体质健壮，形似雄狮，被毛、蹄、角黑色。鼻镜呈黑色，因其重心低，挽力大，恒力强，能吃苦耐劳，被当地人称之为"抓地虎"。该牛性情温驯，易调教、耐粗饲、易肥育、抗病能力强，遗传性能稳定，具有良好的役、肉兼用特性，是我国罕见的黑毛黄牛品种。如图 2-13、图 2-14 所示（彩图见文前）。

图 2-13 渤海黑牛（公）

图 2-14 渤海黑牛（母）

2. 生产性能

初生公犊为 20.3 千克，母犊为 17 千克，成年体重公牛为 426.3 千克，母牛为 298.3 千克。体高公牛为 129.6 厘米，母牛为

116.6厘米。屠宰率：公牛为53.1％，净肉率为45.4％，骨肉比1：5.9；阉牛分别为50.1％、41.3％和1：4.7。公牛10～12月龄性成熟，母牛8～10月龄性成熟。母牛多在1.5岁初配，一年一胎。这种牛耐粗饲、易育肥、出肉率高、肉质细嫩，是难得的肉牛良种，在日本、韩国市场供不应求。

八、新疆褐牛

新疆褐牛属于乳肉兼用品种，主要产于新疆天山北麓的西端伊犁地区和准噶尔界山塔城地区的牧区和半农半牧区。分布主要有伊犁、塔城、阿勒泰、石河子、昌吉、乌鲁木齐、崐阿克苏等地区。

1. 外貌特征

体躯健壮，头清秀，角中等大小、向侧前上方弯曲，呈半椭圆形。被毛为深浅不一的褐色，额顶、角基、口轮周围及背线为灰白色或黄白色，眼睑、鼻镜、尾帚、蹄呈深褐色。成年公牛体重为951千克，母牛为431千克。犊牛初生重28～30千克。如图2-15、图2-16所示（彩图见文前）。

图2-15　新疆褐牛（公）

图2-16　新疆褐牛（母）

2. 生产性能

在一般放牧条件下，6月龄左右有性行为表现，但一般母牛1岁、体重250千克时初配，公牛1.5～2岁、体重330千克以上初配。母牛发情周期21.4（16～31.5）天，发情持续期1～2.5天。

在舍饲条件下，新疆褐牛平均产奶量为2100～3500千克，乳脂率4.03％～4.08％，乳干物质13.45％。个别高的产奶量可达5212千克。在放牧条件下，泌乳期约100天，产奶量1000千克左右，乳脂率 4.43%。

在自然放牧条件下，中上等膘情 1.5 岁的阉牛，宰前体重 235 千克，屠宰率 47.4%；成年公牛 433 千克时屠宰，屠宰率 53.1%，眼肌面积 76.6 平方厘米。

九、安格斯牛

安格斯牛属于古老的小型肉牛品种。原产于英国的阿伯丁、安格斯和金卡丁等郡，并因地得名。目前世界大多数国家都有该品种牛。中国生产的安格斯牛是东北和内蒙古最近三十年引进生产的。安格斯牛肉质好，出肉率高。纯种或杂交的安格斯阉牛在英美主要肉畜展览会中保持很高声誉。

1. 外貌特征

安格斯牛以被毛黑色和无角为其重要特征，故也称其为无角黑牛。该牛体躯低翻、结实、头小而方，额宽，体躯宽深，呈圆筒形，四肢短而直，前后裆较宽，全身肌肉丰满，具有现代肉牛的典型体型。如图 2-17、图 2-18 所示（彩图见文前）。

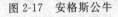

图 2-17　安格斯公牛　　　　　图 2-18　安格斯母牛

2. 生产性能

具有良好的肉用性能，被认为是世界上专门化肉牛品种中的典型品种之一。安格斯牛成年公牛平均活重 700～900 千克，母牛 500～600 千克，犊牛平均初生重 25～32 千克，成年体高公母牛分别为 130.8 厘米和 118.9 厘米。表现早熟，胴体品质高，出肉多。屠宰率一般为 60%～65%，哺乳期日增重 900～1000 克。育肥期日增重（1.5 岁以内）平均 0.7～0.9 千克。肌肉大理石纹很好。

该牛适应性强，耐寒、抗病。缺点是母牛稍具神经质。

十、复州牛

复州牛是我国的优良地方黄牛品种，主要产于辽宁省的复县。目前在大连地区分布较多，是一种国内闻名的地方良种黄牛。

1. 外貌特征

其外貌为：体型紧凑、结构匀称，被毛为黄、淡黄两色，以黄为主，鼻镜呈肉色，角蹄呈棕色及灰白色透明。角中等长，呈圆筒形向前上方伸展。成年公牛躯干广深，背腰平直，胸部深宽，前躯发达，颈与肩峰粗壮隆起，垂皮发达、皱褶明显，脑门有卷毛分布，威猛雄壮。母牛外貌美观，头部清秀，角较细，多呈龙门角状，四肢干燥，运步轻快，成年母牛乳房丰满，尤以经产母牛乳静脉粗，乳头长，排列整齐，奶盘大为特征。如图 2-19、图 2-20 所示（彩图见文前）。

图 2-19　复州公牛　　　　图 2-20　复州母牛

2. 生产性能

复州牛的公母牛性成熟在 1 周岁左右，母牛性周期平均为 22.8 天，发情持续时间为 24～36 小时，妊娠期为 286.5 天，产后第一次发情时间平均 75.5 天，发情旺季在 5～9 月份。在轻度使役情况下，一般为一年一胎。复州牛在一般饲养条件下，头胎母牛 180 天泌乳量为 1648.1 千克，平均日产乳 4.79 千克；用利木赞和丹麦红种公牛与复州母牛杂交的一代牛，产乳明显增加。复州牛平均日增重达 806.5 克，成年公牛体高 151.92 厘米，体斜长 190.56 厘米；母牛体高 128.50 厘米，体斜长 147.80 厘米。公母犊牛初生重分别为 32.8 千克和 31.7 千克，在国内牛品种中属于大型牛种。

平均屠宰率为 50.7％，净肉率为 40.33％，肉骨比为 1：4.1，眼肌面积为 59.5 平方厘米。与其他品种牛比较，屠宰率、净肉率、骨肉比和眼肌面积等项指标皆处于领先水平，只有胴体产肉率低于秦川牛 3.4 个百分点。乳肉兼用。

十一、改良后的日本和牛

日本和牛的毛色以黑色为主，在乳房和腹壁有白斑（图2-21）。成年母牛体重约 620 千克、公牛约 950 千克，犊牛经 27 月龄育肥，体重达 700 千克以上，平均日增重 1.2 千克以上。日本和牛是当今世界公认的品质最优秀的良种肉牛，其肉大理石花纹明显，又称"雪花肉"。由于日本和牛的肉多汁细嫩、肌肉脂肪中饱和脂肪酸含量很低，风味独特，肉用价值极高，在日本被视为"国宝"。我国从 1992 年开始研究和引进日本和牛冷冻精液，经改良后的日本和牛具有同样的肉用特性。现在，我国部分地区畜禽品种改良站已开始培育具有日本和牛血统的二代、三代精粒，可广泛用于地方品种改良，是我国十分珍贵的优质肉牛品种资源。

图 2-21　日本和牛

第二节　以生产中低档部位肉为主的改良牛系列品种

以生产中（低）档部位肉为主要饲养目的的改良牛系列品种，

主要品种有：西门塔尔、利木赞、夏洛莱、海福特和荷斯坦牛。育肥后专供中、小型屠宰加工厂；屠宰后产品面向全国各中等宾馆、饭店或肉类加工厂。

改良牛系列品种的主要特点为：包括所有的黑白、黄白、红白颜色相间及一些引进品种的后代。其牛源广泛，养殖成本适中，环境适应性强，抗病能力强，育肥后产品销售渠道广阔。主要缺点为：屠宰后高档肉出成率低。

一、西门塔尔牛

西门塔尔牛原产于瑞士西部的阿尔卑斯山区，以西门塔尔平原产的牛最为出色而得名。在世界分布极广，由于该牛在产乳性能上被列为高产的乳牛品种，在产肉性能上并不比专门化的肉用品种逊色，生长速度也较快，因此而成为世界各国的主要引种对象。

1. 外貌特征

西门塔尔牛体型大，骨骼粗壮。头大额宽。公牛角左右平伸，母牛角多向前上缘弯曲。颈短，胸部宽深。背腰长且宽直，肋骨开张，尻宽平，四肢结实，乳房发育良好。被毛黄白或红白花，少数黄眼圈，头、胸、腹下、四肢下部和尾尖多为白色。成年公牛体重平均为800～1200千克，母牛650～800千克。如图2-22、图2-23所示（彩图见文前）。

图 2-22　西门塔尔公牛　　　　图 2-23　西门塔尔母牛

2. 生产性能

西门塔尔牛产肉性能好，放牧育肥期内平均日增重0.8～1.0千克以上；18月龄时公牛体重为400～480千克。肥育到500千克的小公牛，日增重 0.9～1.0 千克，屠宰率 55％以上，肉骨比 4.5：1，胴体脂肪率 4％～4.5％。

母牛常年发情，初产期 30 月龄，发情周期 18～22 天，产后发情间隔约 53 天，妊娠期 282～290 天，繁殖成活率 90％以上，头胎难产率为 5％。成年母牛平均泌乳天数 285 天，平均产奶量 4037 千克，乳脂率 4.0％～4.2％。

西门塔尔牛是世界上分布最广、数量最多的品种之一。用西门塔尔牛改良我国黄牛效果显著，杂种后代体型加大、生长增快，产乳性能明显提高。

二、利木赞牛

利木赞牛原产于法国中部的利木赞高原，并因此得名。在法国，其主要分布在中部和南部的广大地区，数量仅次于夏洛莱牛，育成后于 20 世纪 70 年代初输入欧美各国，现在世界上许多国家都有该牛分布，属于专门化的大型肉牛品种。

1. 外貌特征

利木赞牛毛色为红色或黄色，口、鼻、眼圈周围、四肢内侧及尾帚毛色较浅，角为白色，蹄为红褐色。头较短小，额宽，胸部宽深，体躯较长，后躯肌肉丰满，四肢粗短（图 2-24、图 2-25，彩图见文前）。

图 2-24　利木赞公牛　　　　　图 2-25　利木赞母牛

2. 生产性能

平均成年体重：公牛 1100 千克，母牛 600 千克；在法国较好饲养条件下，公牛活重可达 1200～1500 千克，母牛达 600～800 千克。利木赞牛产肉性能高，胴体质量好，眼肌面积大，前后肢肌肉丰满，出肉率高，在肉牛市场上很有竞争力。集约饲养条件下，犊牛断奶后生长很快，10 月龄体重即达 408 千克，周岁时体重可达 480 千克左右，哺乳期平均日增重为 0.86～1.0 千克；因该牛在幼龄期，8 月龄小牛就可生产出具有大理石纹的牛肉。因此，是法国等一些欧洲国家生产牛肉的主要品种。

3. 与我国黄牛杂交的效果

1974 年和 1993 年，我国数次从法国引入利木赞牛，在河南、山东、内蒙古等地改良当地黄牛。改良后的利木赞牛体型改善，肉用特征明显，生长强度增大，杂种优势明显。目前，山东、黑龙江、安徽为主要供种区，全国供种不足，现有改良牛 45 万头。

三、夏洛莱牛

夏洛莱牛原产于法国中西部到东南部的夏洛莱省和涅夫勒地区，是举世闻名的大型肉牛品种，自育成以来就以其生长快、肉量多、体型大、耐粗放而受到国际市场的广泛欢迎，早已输往世界许多国家，参与新型肉牛品种育成、杂交繁育，或在引入国进行纯种繁殖。

1. 外貌特征

该牛最显著的特点是被毛为白色或乳白色，皮肤常有色斑；全身肌肉特别发达；骨骼结实，四肢强壮。夏洛莱牛头小而宽，角圆而较长，并向前方伸展，角质蜡黄，颈粗短，胸宽深，肋骨方圆，背宽肉厚，体躯呈圆筒状，肌肉丰满，后臀肌肉很发达，并向后和侧面突出。成年活重，公牛平均为 1100～1200 千克，母牛 700～800 千克。如图 2-26、图 2-27 所示（彩图见文前）。

2. 生产性能

生长速度快，瘦肉产量高。在良好的饲养条件下，6 月龄公犊可达 250 千克，母犊 210 千克，日增重可达 1400 克。在良好饲养条件下，公牛周岁可达 511 千克。

青年母牛初次发情在 396 日龄，初次配种在 17～20 月龄。我国引进的夏洛莱母牛发情周期为 21 天。发情持续期为 36 小时，产后约 62 天第一次发情，妊娠期平均为 286 天。该牛难产率较高

图 2-26 夏洛莱公牛

图 2-27 夏洛莱母牛

（13.7％）。母牛泌乳量 1700～1800 千克，高者可达 2500 千克，乳脂率为 4.0％～4.7％。

夏洛莱牛于 1864 年进行品种登记，1887 年建立品种协会，并于 1964 年成立了国际夏洛莱牛协会。我国 1964 年开始引入。用其与我国本地黄牛或杂种牛杂交，可明显加大后代体型，并加快其增长速度。

四、海福特

海福特牛原产于英国英格兰的海福特县，是世界上最古老的早熟中小型肉牛品种。现在分布在世界许多国家，1964 年开始引进我国，主要应用于内蒙古地区品种牛的改良。

1. 外貌特征

海福特牛体躯宽大，前胸发达，全身肌肉丰满，头短，额宽，颈短粗，颈垂及前后躯发达，背腰平直而宽，肋骨张开，四肢端正而短，躯干呈圆筒形，具有典型的肉用牛的长方体型。被毛，除头、颈垂、腹下、四肢下部和尾端为白色外，其他部分均为红棕色。皮肤为橙红色（图 2-28、图 2-29，彩图见文前）。

2. 生产性能

犊牛初生重，公为 34 千克，母为 32 千克；12 月龄体重达 400 千克，平均日增重 1 千克以上。成年体重，公牛为 1000～1100 千克，母牛为 600～750 千克。出生后 400 天屠宰时，屠宰率为 60％～65％，净肉率达 57％。肉质细嫩，味道鲜美，肌纤维间沉积脂肪丰富，肉纹呈大理石状。

图 2-28　海福特公牛　　　　图 2-29　海福特母牛

海福特牛具有体质强壮、较耐粗饲、适于放牧饲养、产肉率高等特点，在我国饲养的效果也很好。哺乳期日增重，公为1.14 千克，母为 0.89 千克；7～12 月龄日增重，公牛为 0.98 千克，母牛为 0.85 千克。用海福特牛改良本地黄牛，也取得初步成效。

五、荷斯坦牛

荷斯坦牛又称黑白花牛，是世界上最主要的乳牛品种，原产于荷兰北部的西佛里斯兰省。由于乳用性能好，适应性强，故被世界各国广泛引进留做种用。我国是在 20 世纪 70 年代引进的，经过30 多年的风土驯化和系统繁育，逐渐培育出带有中国特色的黑白花奶牛。1992 年底将"中国黑白花奶牛"品种名更为"中国荷斯坦牛"。

中国荷斯坦牛是纯种荷兰牛与本地母牛的高产杂种，经长期选育而成，也是我国唯一的乳用牛品种。

1. 外貌特征

毛色为黑白花。白花多分布于牛体的下部，黑白斑界限明显。体格高大，结构匀称，头清秀狭长，眼大突出，颈瘦长，颈侧多皱纹，垂皮不发达。前躯较浅、较窄，肋骨弯曲，肋间隙宽大。背线平直，腰角宽广，尻长而平，尾细长。四肢强壮，开张良好。乳房大，向前后延伸良好，乳静脉粗大弯曲，乳头长而大。被毛细致，皮薄，弹性好。体型大，成年公牛体重达 1000 千克以上，成年母牛体重 500～600 千克。犊牛初生重一般在 45～55 千克。如图

2-30、图2-31所示（彩图见文前）。

图2-30 荷斯坦公牛

图2-31 荷斯坦母牛

2. 生产性能

泌乳期305天第一胎产乳量5000千克左右，优秀牛群泌乳量可达7000千克。少数优秀者泌乳量在10000千克以上。母牛性情温顺，易于管理，适应性强，耐寒不耐热。

中国荷斯坦牛的肉用来源于淘汰奶牛和犊公牛。经肥育的中国荷斯坦牛，500日龄平均活重为556千克，屠宰率为62.8%。该牛在肉用方面的一个显著特点是肥育期日增重高，据丹麦1967～1970年测定517头荷斯坦小公牛，平均日增重为1195克，淘汰的母牛经100～150天肥育后屠宰，其平均日增重为900～1000克。

第三节 具有品质开发潜力的蒙古牛系列品种

以生产中档、高档、低档部位肉为主要饲养目的的蒙古牛系列品种，包括一些没有形成体系的地方品种；经强度育肥后，产品面向大中小型屠宰加工厂、个体屠宰点，屠宰后产品适用于酱、炖、煮、烤。

蒙古牛系列品种的主要特点为：在蒙古地区经过长期驯化而形成的特有品种。其牛源广阔，养殖成本低，料肉比中等，抗病能力强，环境适应性强。杂交组合和育肥方式决定着屠宰后中档、高档部位肉的出成率。

蒙古牛有良好的役用性能，持久性强。产区肉乳兼用，但作为牛肉的直接供应品种，生产水平较低。北方地区20世纪60年代后以蒙古牛为基础，通过杂交育种，培育了乳肉兼用型的草原红牛、三河牛和科尔沁牛等性状稳定的优良牛种；并以蒙古牛为基础，同国外引进品种进行杂交，形成了不同品系的优良杂交个体，有效地提高了肉牛的生产性能。

一、蒙古牛

蒙古牛产于蒙古高地，在中国主要分布于内蒙古自治区及与此相邻的西北地区的新疆、甘肃和宁夏；华北地区的山西和河北；东北地区的辽宁、吉林、黑龙江等省区。主产地的蒙古牛总数约 300 万头。由于当地自然条件等原因，蒙古牛终年放牧，故体质强健，对严寒、风沙、饥饿具有很强的抵抗能力。原种蒙古牛按产地自然条件可分为森林型、草原型和半荒漠类型。其中乌珠穆沁牛是草原类型最大者，安西牛为半荒漠类型中体型最大者。

1. 外貌特征

蒙古牛体格大小中等，体质结实、粗糙。公牛头短宽而粗重，额顶低凹，角长，向前上方弯曲，呈蜡黄或青紫色，角的间距短。公牛角长 40 厘米，母牛 20 厘米。垂皮不发达，低平。胸扁而深，背腰平直，后躯短窄，腹部丰满，后肋开张良好。母牛乳房容积不大，结缔组织少，乳头头小。四肢短，多刀状后肢势。蹄中等大，蹄质结实。皮肤较厚，皮下结缔组织发达，冬季多绒毛。毛色大多近黑色或黄色，次为狸色或烟熏色，也常见有花毛等各种毛色。平均体高为 108.5～122.7 厘米，体重为 206.3～365.5 千克。如图2-32、图 2-33 所示（彩图见文前）。

图 2-32　原种蒙古公牛　　　　图 2-33　原种蒙古母牛

2. 生产性能

蒙古牛具有肉奶役多种经济用途，但生产性能不很高。成年公牛平均体重为 350 千克，母牛为 300 千克。成年牛屠宰率母牛为55.7%，阉牛为 53%，净肉率分别为 47.7% 和 44.5%，骨肉比1：5.3，眼肌面积为 44.2 平方厘米。泌乳量 100 天内平均为 518千克，乳脂率为 5.2%，最高达 9%。母牛 8～12 月龄开始发情，2岁时开始配种，发情周期为 19～26 天，产后第一次发情为 65 天以上，母牛发情集中在 4～11 月份。平均妊娠期为 284.8 天。繁殖率为 50%～60%，犊牛成活率为 90%。

20 世纪 70 年代，我国引进了西门塔尔、利木赞、夏洛莱和海福特等肉用品种对蒙古牛进行广泛杂交，海福特由于生产等原因被逐渐淘汰，于是就形成了以含蒙古牛基因为主的蒙古牛系列品种（图 2-34、图 2-35）。

图 2-34　改良后蒙古黑牛　　图 2-35　改良后蒙古母牛

目前，我国蒙古牛经过长达 30 多年的品种间杂交，形成了以西门塔尔、海福特、夏洛莱、利比赞为主的杂交组合群体，它们改变了原有的外貌和役用特性，经过合理的强度育肥后，可生产出具有高档肉特性的高端牛肉产品，是市场获得牛肉食品的主要来源之一。

二、草原红牛

草原红牛是以乳肉兼用的短角公牛与蒙古母牛长期杂交育成的，主要产于吉林白城地区，内蒙昭乌达盟、锡林郭勒盟以及河北张家口地区。1985 年经国家验收，正式命名为中国草原红牛。目前全国约有草原红牛总头数达 14 万头。经强度育肥后的草原红牛，其肉质鲜美细嫩，为烹制佳肴的上乘原料。

1. 外貌特征

草原红牛被毛为紫红色或红色，部分牛的腹下或乳房有小片白斑。体格中等，头较轻，大多数有角，角多伸向前外方，呈倒八字形，略向内弯曲。颈肩结合良好，胸宽深，背腰平直，四肢端正，蹄质结实。乳房发育较好。成年公牛体重 700～800 千克，母牛为450～500 千克。犊牛初生重 30～32 千克。如图 2-36、图 2-37 所示（彩图见文前）。

图 2-36　草原红牛（公）　　　　　图 2-37　草原红牛（母）

2. 生产性能

据测定，18 月龄的阉牛，经放牧肥育，屠宰率为 50.8%，净肉率为 41.0%。经短期肥育的牛，屠宰率可达 58.2%，净肉率达49.5%。在放牧加补饲的条件下，平均产奶量为 1800～2000 千克，乳脂率 4.0%。草原红牛繁殖性能良好，性成熟年龄为 14～16 月龄，初情期多在 18 月龄。在放牧条件下，繁殖成活率为68.5%～84.7%。

产区的草原红牛，夏季完全依靠草原放牧饲养，冬季不补饲，仅依靠采食枯草即可维持生活。对严寒酷热气候的耐力很强，抗病力强，发病率低，是规模养殖场获取优质牛源的参考品种之一。

三、三河牛

三河牛是我国培育的优良乳肉兼用品种，主要分布于内蒙古呼伦贝尔市大兴安岭西麓的额尔古纳市三河（根河、得勒布尔河、哈布尔河）地区，总量约 8 万头。三河牛适应性强、耐粗饲、耐高寒、抗病力强，宜牧，乳脂率高，遗传性能稳定。

1. 外貌特征

三河牛体格高大结实，肢势端正，四肢强健，蹄质坚实。有角，角稍向上、向前方弯曲，少数牛角向上。乳房大小中等，质地良好，乳静脉弯曲明显，乳头大小适中，分布均匀。毛色为红（黄）白花，花片分明，头白色，额部有白斑，四肢膝关节下部、腹部下方及尾尖为白色。如图 2-38、图 2-39 所示（彩图见文前）。

图 2-38 三河公牛　　　　　图 2-39 三河母牛

2. 生产性能

成年公牛、母牛的体重分别为 1050 千克和 547.9 千克。犊牛初生重：公犊为 35.8 千克，母犊为 31.2 千克。6 月龄体重，公牛为 178.9 千克，母牛为 169.2 千克。从断奶到 18 月龄之间，在正常的饲养管理条件下，平均日增重为 500 克，从生长发育来看，6 岁以后体重停止增长，三河牛属于晚熟品种。

三河牛产奶性能好，年平均产奶量为 4000 千克，乳脂率在 4％以上。在良好的饲养管理条件下，其产奶量会显著提高。谢尔塔拉种畜场的 8144 号母牛，1977 年第五泌乳期（305 天）的产奶量为 7702.5 千克，360 天的产奶量为 8416.6 千克，是呼伦贝尔三河牛单产最高纪录。三河牛的产肉性能好，2～3 岁公牛的屠宰率为 50％～55％，净肉率为 44％～48％。

四、科尔沁牛

科尔沁牛属乳肉兼用品种，因主产于内蒙古东部地区的科尔沁草原而得名。科尔沁牛是以西门塔尔牛为父本，蒙古牛、三河牛以及蒙古牛的杂种母牛为母本，采用育成杂交方法培育而成。1990
年通过鉴定，并由内蒙古自治区人民政府正式验收命名为"科尔沁
牛"。总数约有 8 万头左右。

1. 外貌特征

被毛为黄（红）白花，白头，体格粗壮，体质结实，结构匀
称，胸宽深，背腰平直，四肢端正，后躯及乳房发育良好，乳头分
布均匀。如图 2-40、图 2-41 所示（彩图见文前）。

图 2-40　科尔沁公牛　　　　　图 2-41　科尔沁母牛

2. 生产性能

成年公牛体重 991 千克，母牛 508 千克。犊牛初生重 38.1～
41.7 千克。母牛 280 天产奶 3200 千克，乳脂率 4.17%，高产牛达
4643 千克。科尔沁牛在常年放牧补饲条件下，18 月龄屠宰率为
53.3%，净肉率 41.9%。经短期强度育肥，屠宰率可达 61.7%，
净肉率为 51.9%。

科尔沁牛适应性强、耐粗饲、耐寒、抗病力强、易于放牧，是
牧区比较理想的一种乳肉兼用品种。

图 2-42　东北牛

由于蒙古牛的自身生理
特性和生长环境、饲养管理
的特点，决定了蒙古牛肉质
巨大的提升空间。蒙古牛经
过特殊的技术处理后，在中
等营养水平的情况下，便可

生产出高、中档部位肉，并具有优质肉牛类同的效果。

除此之外，我国还有许多具有生产高档肉潜力的肉牛品种，例如：东北牛、高青黑牛、江西泰和县肉牛、新疆阿勒泰白头牛等（图 2-42～图 2-44）。

图 2-43　高青黑牛

图 2-44　江西泰和县肉牛

第三章　牛的消化系统构造特点和生长发育规律

（本章重点了解：草食性动物牛，具有采食快、不充分咀嚼就迅速吞咽的特点。一般成牛采食量约为体重的 2.6%，500 千克的牛采食量约为体重的 2.3%。牛吞咽大量的饲料 30～60 分钟开始反刍。在日常饲养管理过程中，过多地饲喂精饲料易造成未嚼碎的谷粒由于密度大而沉积于瘤胃底，继而转往第三、第四胃，致使反刍停止，造成瘤胃积食，引发瘤胃臌气、前胃迟缓等病症。在了解牛的生长发育规律后，就可以依据肉牛的生长发育规律，有针对性地选择育肥个体，合理配制日粮，科学饲养管理，使其达到最佳的生长状态。）

第一节　牛的消化系统构造

一、消化系统的构造

1. 口腔

牛没有上切齿和犬齿，采食的时候，依靠上颌的坚韧肉质齿板和下颌的切齿，以及唇、舌的协同动作完成。

牛的唇相对来说不很灵活，然而，当采食青草或小颗粒饲料时，唇就成为重要的采食器官。

牛的口腔有 5 个成对的腺体和 3 个单一腺体，前者包括腮腺、颌下腺、臼齿腺、舌下腺和颊腺；后者包括腭腺、咽腺和唇腺。唾液就是指以上各腺体所分泌液体的混合物。唾液对牛有着特殊重要的生理消化作用。

2. 食道

食道是指连接口腔和胃之间的管道，由横纹肌组成。

3. 胃

牛为反刍动物，胃有 4 个胃室，即瘤胃、网胃（又称蜂巢胃或二胃）、瓣胃（亦称第三胃）和皱胃（又称真胃或第四胃）。其中前三胃又称为前胃，瘤、网胃又称为反刍胃。瘤胃的存在是反刍动物的消化生理功能与单胃动物的最大不同，瘤胃中存活有数十种细菌和纤毛原虫，可以对牛食入的饲料进行分解和重加工；瓣胃的生理功能尚未全部搞清，已知是对食糜进一步磨碎，并吸收有机酸和水分，使进入皱胃的食糜更细。4个胃室中只有第四胃皱胃与单胃动物的胃一样，是唯一含有消化腺的胃室，能分泌消化液，故而称之为真胃。牛胃的容量大，大型牛种成年胃的容量可达到200升。其中瘤胃的容量占总容量的80%。

犊牛的前三胃中有食管沟，包括网胃沟和瓣胃沟，起始于贲门，向下延伸至皱胃。食管沟收缩时呈管状，起着将犊牛吸入的乳汁或其他液体自食管直接引入皱胃的通道作用。食管沟有两种收缩形式，一种是闭合不全的收缩，食管沟两唇仅是缩短变硬，两侧相对形成通道，有30%～40%的液体流经其间进入皱胃；另一种是闭合完全的收缩，两唇内翻，形成密闭管道，摄入的液体有75%～90%可直接流入皱胃。犊牛的摄乳方式对食管沟的闭合性有影响，当吸吮奶头时，乳汁可直接进入皱胃，几乎没有乳汁漏进网胃和瘤胃；但当用桶饮乳时，食管沟闭合不完全，乳汁极易进入网胃和瘤胃。

有些无机盐类有刺激食管沟使其闭合的作用，如食盐、碳酸氢钠等，葡萄糖也有一定的刺激作用，因此在生产中给成年牛投药时，可以借助以上盐类对食管沟的刺激反射作用，使药液直接进入皱胃。

犊牛随着年龄的增长，食管沟的闭合反射机能会逐渐减弱以至消失，但如果一直连续喂奶，则这一机能可保持相当长时间，白牛肉的生产正是利用了牛的这一生理特点。

4. 肠道

牛的肠道很发达，成年牛消化道长度平均56米，其中小肠长约40米，大结肠10～11米。犊牛刚出生时，肠道占整个消化道的比例达70%～80%（组织相对重量），此时小肠在营养物质的消化吸收方面具有极为重要的作用。新生幼畜小肠的肠黏膜对大分子物质具有高度的通透性，可以吸收大部分蛋白质。幼畜所需的免疫物质，都是经由这种直接的吸收作用从母体初乳中获得的。但这种特性为期不长，犊牛出生7天后，这种特性就会丧失，因此动物出生后及时喂给初乳，对幼畜的健康生长是至关重要的。

肠道的结构和功能会随着牛年龄的增长和食物类型的变化而逐

渐发育成熟。小肠的管腔表面布满伸长的绒毛，形成网络系统；绒毛表面还具有许多微绒毛，极大地扩展了吸收养分的表面积。由于具有复胃和肠道长的原因，食物在牛消化道内存留的时间要较猪、马等单胃动物长，一般 7～8 天甚至更长时间才能将饲料残余物排尽。因此，牛对食物的消化率比较高，而养分消化率的提高则能使生产效率提高。

二、牛的消化利用特点

1. 瘤胃消化特点

牛的瘤胃中含有大量的细菌和纤毛虫，种类达到 60 多个，不仅数量大，种类多，而且会随着牛采食饲料种类的不同而发生变化。瘤胃内每毫升容积中的细菌数多达 250 亿～500 亿个，原生虫数 20 万～50 万个。由于瘤胃中有微生物，牛采食的饲料首先要经过它们的分解利用，因此，便形成了反刍家畜一些独特的消化特点。

（1）碳水化合物的发酵　牛采食的碳水化合物饲料以粗饲料为主，其组成成分主要是纤维素和半纤维素。单胃动物如猪等一般不能利用纤维素。瘤胃中的微生物能消化纤维素，把它们分解成乙酸、丙酸、丁酸等动物可直接吸收、利用的有机酸（也称挥发性脂肪酸）。这一过程就是瘤胃微生物发酵。这些挥发性脂肪酸能通过胃壁被吸收，为牛提供 60%～80% 的能量。而且乙酸、丁酸还能合成乳脂肪，丙酸可通过异生途径形成葡萄糖。所以，牛的日粮应以青粗饲料为主。而且由于牛瘤胃容积大，占整个消化道的 70% 左右，为了满足牛的饱腹感，日粮组成中也需要以青粗多汁等容积较大的饲料为主。

（2）蛋白质发酵　饲料中的蛋白质进入瘤胃后，约 50%～70% 会被瘤胃微生物分泌的蛋白酶分解形成肽和氨基酸，只有 30%～50% 蛋白质可直接进入后段消化道。当瘤胃的 pH 为 6.7～7.0 时，形成的氨基酸迅速进一步降解生成氨、二氧化碳和有机酸。瘤胃微生物能直接利用氨基酸合成微生物体蛋白，细菌还可以利用氨先合成氨基酸后，再转变成菌体蛋白。菌体蛋白、纤毛虫蛋白和饲料中未被分解的蛋白质一起进入后段消化道被牛体自身再消化。

从以上可知，根据饲料蛋白质在瘤胃中的不同消化分解方式可将其分为两类，即降解蛋白质和非降解蛋白质。前者被瘤胃微生物分解后利用合成微生物体蛋白，后者不变化，越过瘤胃到皱胃和小肠中被牛消化，因此又称为"过瘤胃蛋白质"。瘤胃内蛋白质的发酵有好的一面，也有不利的一面。好的一面是牛采食饲料中品质较差的蛋白质可经细菌转化为生物学价值高的菌体蛋白，而且细菌还可将非蛋白氮，如氨、尿素等转化为菌体蛋白质，供反刍动物利用；而不利的一面是，饲料中品质优良的蛋白质也会被微生物分解形成大量氨而流失。因而在生产实际中，科学家们研究了许多给反刍家畜补充蛋白质和必需氨基酸时，使其通过瘤胃免遭降解的新技术。

（3）瘤胃对脂肪的利用 与单胃动物相比，牛脂中含硬脂肪酸较多，乳脂中还含有相当数量的反式不饱和脂肪酸和少量支链脂肪酸，而且牛体脂中的脂肪酸成分不受日粮中不饱和脂肪酸的影响，这些都是由牛对脂类消化和利用的代谢特点决定的。不同饲料中的脂肪含量和种类变化很大，进入瘤胃后，一部分脂类经细菌的作用被分解为长链脂肪酸、半乳糖、甘油。半乳糖和甘油又可被降解为挥发性脂肪酸。饲料中的不饱和脂肪酸经瘤胃微生物的氢化作用，转变成饱和脂肪酸。瘤胃微生物还能合成奇数长链脂肪酸和支链脂肪酸。瘤胃壁组织也利用中、长链脂肪酸形成酮体，并释放到血液中。未被瘤胃降解的脂肪则称为"过瘤胃脂肪"。研究表明，如果在牛日粮中添加油脂而又不加以保护，则会使牛的采食量和瘤胃对纤维素的消化率降低。

（4）瘤胃对维生素的利用 幼龄牛的瘤胃发育不全，全部维生素由饲料供给。当瘤胃发育完全、瘤胃内各种微生物体系健全后，瘤胃中的微生物可以合成 B 族维生素 K，但不能合成维生素 A、维生素 D、维生素 E，这三种维生素必须由饲料提供。不仅如此，瘤胃微生物对维生素 K、维生素 C 和胡萝卜素还有一定的破坏作用。不过由于动物自身能合成维生素 C，所以一般不会发生维生素 C 缺乏。

2. 瘤胃的发酵调控

瘤胃发酵是反刍动物最为突出的消化生理特点和优势，通过对饲料养分的分解和微生物菌体成分的合成，饲料成分得到改善，为牛提供了必需的能量、蛋白质和部分维生素。然而，瘤胃发酵本身也会造成饲料能量和氨基酸的损失，因此，调控瘤胃发酵的目的是为了减少发酵过程中营养成分损失，并通过发酵类型的改变，提高日粮的营养价值和牛对饲料的利用率，预防疾病，并提高牛产品的数量和质量。

（1）瘤胃发酵类型的调控　发酵类型的调控是根据瘤胃发酵产物——乙酸、丙酸、丁酸的比例相对高低来划分的。乙酸与丙酸之比大于 3.5 时，称乙酸发酵型；比例在 2.0～3.5 时，称乙酸/丙酸发酵型；比例小于 2.0 时，称丙酸发酵型。当丁酸占到总挥发性脂肪酸的比例 20％时，称丁酸发酵型。发酵类型趋于乙酸类型的变化会明显地影响能量利用效率。发酵类型越趋于乙酸类型，能量利用率下降；而丙酸比例高时，可向牛体提供较多的有用效能。

（2）瘤胃消化的调控　瘤胃消化调控主要是采用适当的技术，使一些营养物质主要是补充的必需氨基酸、优质蛋白质和淀粉逃脱瘤胃微生物的作用，使其直接进入真胃和小肠为牛所消化、吸收，避免或减少瘤胃微生物发酵造成的损失。目前使用的技术一般是利用天然饲料的过瘤胃特性，如肉粉、鱼粉、血粉、羽毛粉等，它们的蛋白质具有极高的过瘤胃特性，过瘤胃值一般都在 60％以上。动物营养学上根据蛋白质过瘤胃值的大小，将蛋白质分为 3 类：高过瘤胃值饲料（55％～72％），如鱼粉、单细胞生物制品；低过瘤胃值饲料（40％以下），如豆饼、花生饼；中等过瘤胃值饲料（40％～60％），如棉籽饼、脱水苜蓿粉。

3. 真胃和小肠对营养物质的消化

饲料中未被瘤胃微生物分解的蛋白质与微生物一起转移到真胃后，真胃分泌的胃蛋白酶和盐酸将其分解成蛋白胨，进入小肠后再在胰蛋白酶、糜蛋白酶、羧基肽酶及氨基肽酶作用下被进一步分解为肽、氨基酸，最后被肠壁吸收，由血液送至肝脏合成体蛋白。在能量不足的情况下，氨基酸也会被大量用于产生能量。

饲料中未被发酵降解的淀粉进入真胃和小肠后，会被牛自身分泌的消化液分解为葡萄糖，葡萄糖直接被吸收利用，避免了发酵过程的能量损失。脂肪酸、饲料中未被瘤胃破坏的维生素和瘤胃微生物合成的 B 族维生素也主要是在小肠吸收。

三、牛的采食习性

1. 牛的采食特点

牛采食速度快，食物不经充分咀嚼而只是将其与唾液混合成大小密度适宜的食团后便匆匆咽下，经过一段时间后，吃进的食物又被重新逆呕回口腔进行细嚼，这就是反刍。

由于采食饲料速度快，咀嚼不充分，当喂给整粒谷料时，未被嚼碎的谷粒由于密度大沉于瘤胃底而转往第三、第四胃，常常不被反刍，而真胃和小肠对未嚼碎的饲料又消化不完全，易造成饲料浪费（粪便中会见到整粒未消化粒料）。当喂食大块块根、块茎饲料时，则常会发生食道梗阻现象（块根、块茎卡在食道内），危及牛的生命。如果饲料中混有铁钉、铁针、玻璃片等尖锐之物，也常会被吞下，造成胃和心包膜的创伤。所以草料在喂前一定要筛簸干净；精料在喂前应碾碎压扁。

就饲料种类而言，牛喜欢吃青绿饲料、精料和多汁料，其次是优质青干草、低水分青贮料；最不喜欢吃未加工处理的秸秆类粗料。就形态而言，喜欢吃1立方厘米左右的颗粒料，最不爱吃粉状料。因此用秸秆喂牛，应尽量将粗饲料铡得短一些，并拌以精料；或制作秸秆颗粒进行饲喂。

牛适于放牧饲养，由于没有上门齿，不会啃吃太短的牧草，所以牧草长度未超过5厘米时放牧效果不好。草原上常采用牛在前、绵羊在后的混牧方式。牛采食还具有竞争性，自由采食也会相互抢食，可利用这一特点增加牛对粗饲料的采食量。

2. 采食时间

牛采食后，约需2～7天才能完成一个消化过程。因此每天饲喂的次数不宜太多，以2次为宜，但每次喂量要充足；牛一次采食时间一般不超过2小时，食后30～60分钟开始反刍，每次反刍40～50分钟。所以牛全天采食间隔时间约需8小时；气候的变化以及草原牧草的茂密度也会影响放牧牛的采食时间。

3. 采食量

牛的采食量与其体重密切相关，犊牛随着体重增加采食量会逐渐增大，但相对采食量（采食量与体重之比）则随体重增加而减少。6月龄犊牛的采食量约为体重的3.0%；超过12月龄时降至2.6%；500千克时则为2.3%。此外，饲料的形态、精料的比例、日粮的营养高低、环境、气候、温度的变化都会对牛采食量有影响。如图3-1所示为牛的采食情景。

图 3-1　牛的采食　　　　　　　图 3-2　牛的反刍

4. 反刍行为

反刍（图 3-2）是牛消化食物的一个重要过程，也是牛采食行为的一种继续。反刍时，食物逆呕到口腔，经再咀嚼，然后再被咽回。反刍时的咀嚼比采食时的咀嚼细致得多。在对逆呕食团进行再咀嚼过程中，不断有大量唾液混入食团，其分泌量超过采食时的分泌量。唾液分泌有两种生理功能，一是促进食糜形成，有利于食物消化吸收；二是瘤胃发酵具有巨大的调控作用：唾液中含有大量盐类，特别是碳酸氢钠和磷酸氢钠，这些盐类起到缓冲剂的作用，使瘤胃的 pH 稳定在 6.0～7.0 之间，为瘤胃发酵创造了良好条件。同时，唾液中含有大量内源性尿素，对牛蛋白质代谢的平衡调控、提高氮素利用效率起着重要作用。据统计，每头牛每天的唾液分泌量为 100～200 升，在每个反刍咀嚼期间有时可咽下唾液 2～3 次。

牛的反刍活动具有时段性，成年牛每天约有 10～15 次反刍，当完成一次反刍时，就进入了间歇期，称为一次"反刍周期"。牛一昼夜反刍时间为 7～8 小时，一般晚上反刍时间较白天多，约占 2/3。牛睡眠时间较短，因此可在夜间放牧或喂饲，也能保证有较多的反刍时间。

第二节　肉牛的生长发育规律

一、生长发育概念

动物有机体从受精卵开始到生长成熟，细胞数量不断增加，体积不断增大，体重增加的过程，称为生长。这一过程发生在牛成年期以前的整个时期，但不同的阶段，生长的速度和强度不同。发育是指有机体的细胞经过一系列各种不同的生物化学变化，形成各种不同的器官，这一过程是以细胞分化为基础的细胞功能变化，结果产生的是各种不同的组织器官。发育主要发生在胚胎早期。可见生长和发育是两个不同的概念，但二者不是截然分开，而是彼此紧密相连的。生长伴随着物质的积累，改变了各细胞间的相互关系，从而引起质变，给发育创造物质条件；而发育在消耗了生长过程中所积累的物质形成各种组织器官后，又刺激机体进一步生长。

二、牛生长发育的阶段划分和生长计算

牛的生长阶段一般划分为胚胎期、哺乳期、幼牛期、青年期和成年期。育种和生产上为了便于管理，根据需要一般对牛初生和出生后 6 月龄（半岁）、36 月龄、48 月龄和 60 月龄（成年）的体重和体尺进行称测、统计，来计算牛不同时期的生长速度和强度。生长方法一般有以下 3 种。

1. 累积生长

任何时候称量所得的体重、体尺数值都是代表在该测定以前生长发育的总累积，所以称累积生长。如初生重、断奶重、12 月龄体重、24 月龄体重、成年重等。由各个时期累积生长值绘制的曲线称生长曲线，它不仅可以使我们了解牛生长发育是否达到正常水平，而且可以作为品种间、杂交组合间的比较。

2. 绝对生长

绝对生长是一定时间内的生长量，它显示一段时间内牛生长的速度。计算公式为

$$G = (W_1 - W_0)/(t_1 - t_0) \tag{3-1}$$

式中，G 代表绝对生长值；W_0 为上次测定的累积生长值；W_1 为本次测定的累积生长值；t_0 为上次测定的时间；t_1 为本次测定的时间。日增重就是绝对生长的代表值之一。

3. 相对生长

相对生长用来表示生长发育的强度，它是用一段时间内的绝对生长量占原来体重的比率来表示的。公式为

$$R=(W_1-W_0)/W_0\times100\% \tag{3-2}$$

式中，R 表示相对生长值。

此外，也有用生长系数来表示相对生长的，公式为

$$C=W_1/W_0\times100\% \tag{3-3}$$

式中，C 即为生长系数。

三、牛生长发育各阶段的特点

1. 胚胎期

指从受精卵开始到出生为止的时期。胚胎期又可分卵子期、胚胎分化期和胎儿期三个阶段。卵子期指从受精卵形成到 11 天受精卵与母体子宫发生联系即着床阶段。该期受精卵除依靠自身提供营养外，还通过渗透作用由母体输卵管和子宫摄取，但所需量极微，可以忽略。对于母牛来说，这一时期不需要在饲料中额外添加营养。胚胎分化期大约从卵子到胚胎 60 日止，这一时期，胚胎组织器官逐渐分化，但绝对重量很小，55 天的胚胎仅 10 克重；所以，母牛妊娠头 2 个月，饲料在量上要求不多，而在质上要求较高。胎儿从妊娠 2 个月开始直到分娩前为止，此期身体各组织器官增加强烈。身体各部位发育的先后顺序为：头—体躯—四肢；四肢下部—四肢上部；先身躯的纵长方向，后宽深方向，最后是后躯。按生长发育强度算，胚胎期前 1/3 仅占 0.5％；中 1/3 占 23.7％；后 1/3 时间占 75.8％。胚胎期的生长和发育直接影响犊牛的初生重，初生重大小与成年体重呈正比，从而直接影响肉牛的生产力。因此，根据胚胎期的生长发育规律，前半期主要保证饲料营养的质量，而后半期不仅要保证质量，还要保证数量。

2. 哺乳期

指从牛犊出生到 6 月龄断乳为止的阶段。这是犊牛对外界条件逐渐适应、各种组织器官功能逐步完善的时期。该期牛的生长速度和强度都是一生中最快的时期，如瘤胃重量到牛 6 月龄时增长了 31.62 倍，皱胃增长了 2.85 倍。夏洛莱犊牛期的日增重可达 1.03 千克，海福特日增重 0.8 千克。

犊牛哺乳期生长发育所需的营养物质主要靠母乳提供，因而母牛的泌乳量对哺乳犊牛的生长速度影响极大。如在相同的饲养条件下，黑白花奶牛犊牛断乳时的体重 185 千克，比安格斯牛的 142 千克

高31％，主要原因就是由于奶牛母牛的产乳量高。一般犊牛断乳重的变异性50％～80％是由于它们母亲产乳量的影响。因此，如果母牛在泌乳期因营养不良和疾病等原因影响了泌乳性能，就会对哺乳犊牛产生不良影响，严重时会使犊牛生长发育受阻，使体重增长较慢，而这都会影响肉用牛的生产力。如图3-3所示为出生5日犊牛外形图。

3. 幼年期

指犊牛从断奶到性成熟的阶段。此期牛的体型主要向宽深方面发展，后躯发育迅速，骨骼和肌肉生长强烈，性机能开始活动。体重的增长在性成熟前呈加速趋势，绝对增重随年龄增加而增大，体躯结构趋于稳定。该期对肉用牛生产力的定向培育极为关键，可决定此阶段后的养牛生产方向。如图3-4所示为7月龄西门塔尔牛。

图3-3　出生5日犊牛　　　　图3-4　7月龄西门塔尔牛

4. 青年期

指从性成熟到体成熟的阶段。这一时间的牛除高度和稀薄度继续增长外，宽度和深度发育较快，特别是宽度的发育最为明显。绝对增重达到高峰，增重速度开始减慢，各种组织器官发育逐渐成熟，体型基本定型，直至达到稳定的成年体重。这一时间是肥育肉牛的最佳时期。

5. 成年期

指从发育成熟到开始衰老这一阶段。牛体型、体重保持稳定，脂肪沉积能力大大提高，性机能最旺盛，所以公牛配种能力最强；母牛泌乳稳定，可产生初生重较大、品质优良的后代。成年牛已度过最佳肥育时段，所以主要是作为繁殖用牛，而不是肥育用牛。此后，牛进入老年期，各种机能开始衰退，生产力下降，生产中一般已无利用价值。大多在经短期肥育后直接屠宰，但肉的品质较差。

四、肉牛生长发育的不平衡性

不平衡是指牛在不同的生长阶段，不同的组织器官生长发育速度不同。某一阶段这一组织的发育快，下一阶段另一器官的生长快。了解这些不平衡的规律，就可以在生产中根据目的的不同利用最快的生长阶段，实现生产效率和经济效益的最大化。肉牛生长发育的不平衡主要有以下几方面的表现。

1. 体重增长的不平衡性

表现牛只生长情况最常用的方法是增重。增重属绝对生长指标，受遗传和饲养两方面因素的影响。增重快慢取决于遗传力的高低，断奶后增重的遗传力较高，是肉牛选种的重要指标。如图 3-5 所示为肉牛的生长曲线。

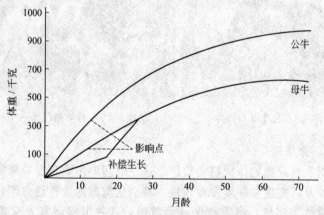

图 3-5　肉用牛的生长曲线

牛体重增长的不平衡性表现在 12 月龄以前的生长速度很快。在此期间，从出生到 6 月龄的生长强度远大于从 6 月龄到 12 月龄。如西门塔尔牛在良好的饲养水平条件下，周岁体重可达到 300 千克以上；夏洛莱牛的平均日增重，从初生到 6 月龄为 1.15～1.18 千克，而从 6 月龄到 12 月龄则下降到 0.5 千克（表 3-1）。12 月龄之后，牛的生长速度明显减慢，接近成熟时的生长速度则很慢（图 3-5）。由于动物每日食入的饲料养分首先被用于维持生命活动和代

表 3-1　夏洛莱牛各生长阶段的平均增重情况　　　单位：千克

头数	性别	平均初生重	3个月		6个月		9个月		12个月	
			平均体重	平均日增重	平均体重	平均日增重	平均体重	平均日增重	平均体重	平均日增重
20143	公	45.5	151.7	1.18	256.0	1.15	319.1	1.05	378.8	0.5
19976	母	41.9	135.3	1.03	219.6	0.94	264.6	0.75	321.6	0.47

谢所需，剩余的部分才被用来增重，因此增重快的牛被用于维持需要的饲料养分所占比例将相对减少，饲料报酬增高。据测定：日增重1.1千克犊牛的维持需要饲料仅占38%，比日增重0.8千克的犊牛维持需要饲料（47%）减少9个百分点。因此，在生产上，应掌握牛的生长发育特点，利用其生长发育快速阶段给予充分的营养，使牛能够快速生长，提高饲养效率。

牛在胎儿期的增重也是不平衡的，在母牛怀孕的最初4个月，胎儿的增重很小，以后逐渐增大，到出生前的生长速度最快，牛的初生重绝大部分是在出生前2~3个月生长的。由于牛的初生重与断奶重呈正比，因此出生重是肉牛选种的重要指标。在我国北方地区如内蒙古，常常因为冬春季节饲草缺乏造成怀孕母牛营养不良，导致犊牛的初生重偏低。

2. 肌肉、脂肪和骨骼的生长形式

犊牛初生时，骨骼已经能够负担整个体重，四肢骨的相对长度比成年牛高，以保证出生后能跟随母牛哺乳。母乳不足，导致骨骼在犊牛期四肢骨生长受到影响，其结果使犊牛在外形上出现四肢短小、关节粗大、体重较轻等缺陷。

肌肉的生长与肌肉的功能密切有关。不同部分的肌肉生长速度也不平衡。如颈颊板肌对幼龄公、母牛或去势公牛并无特别影响，故该肌肉的生长在青年期前为匀速，公牛进入性成熟时颈颊板肌生长很快，有助于成年公牛角斗。而桡骨伸张肌为分布于膝盖骨的主要肌肉，其功能是保证犊牛的正常哺乳和存活，所以该肌肉在出生以前的生长速度较快，而出生后的生长速度相对变慢。但总的来说，犊牛初生时其肌肉质量与保证其后天自下而上活动的需要相比还很不发达，所以肌肉的总体生长速度比骨快。体重不断增大，肌肉和骨骼的重量相差变大。腹外斜肌为腹壁外的肌肉，初生犊牛的消化道体积小，不需要很强的腹壁，因此该肌肉占总肌肉的比例较小，但随着消化道的生长发育，腹肉的生长增快。

脂肪在牛生长中的主要功能是保持关节润滑，保护神经、血管和储存能量。随着牛年龄增长，脂肪的储存功能日渐加强。从初生重到 1 岁，脂肪增加不多，而生长加快；新生犊牛的脂肪组织仅占胴体的 9%，到牛体重 500 千克时则可达到 30%。脂肪组织的生长顺序为：先网油和板油，再储存为皮下脂肪，最后才沉积到肌纤维间，形成牛肉的大理石纹，使肉质嫩度增加。

牛各种体组织（骨、肌肉、脂肪）占胴体重的百分率，在生长过程中变化很大。肌肉在胴体中的比例先是增加，而后下降；骨的比例持续下降；脂肪的百分率持续增加，牛年龄越大脂肪的百分率越高。各体组织所占的比重，因牛品种、饲养水平等的不同也有差别。这正是肉牛生产中用以提高牛肉品质和生产效率进行饲养管理调控的理论基础。

3. 组织器官生长发育的不平衡性

各种组织器官生长发育的快慢，依其在生命活动中的重要性而不同，凡对生命有直接影响的组织器官如脑、神经系统、内脏等，在胚胎期中一般出现较早；而对生命重要性较差的组织器官如脂肪、乳房等，则在胚胎期出现较晚，但生长较快。因此，初生犊牛直接屠宰肉用很不经济。

器官的生长发育强度随器官机能变化也有所不同。如消化器官，初生犊牛以乳为食，消化系统机能为单胃消化型；此时，瘤胃、网胃和瓣胃的结构与机能均不完善，皱胃比瘤胃大一半。随着年龄与饲养条件变化，如食青草、精料等，瘤胃从 2～6 周龄开始迅速发育，至成年时，瘤胃占整个胃重的 80%，网胃和瓣胃占 12%～13%，而皱胃仅占 7%。

4. 补偿生长

幼牛在生长发育的某个阶段，如果营养不足而导致增重下降，当后期某个阶段恢复良好营养条件时，其生长速度就会加快。这种特性叫作牛的补偿生长。在某些情况下，后期增重较快的牛甚至能完全补偿以前失掉的增重。这说明肉牛生长速度的特点是在一定时期内最终反应到体重上，而不是在它的年龄上。

牛在补偿生长期间，饲料的采食量和转化率都会明显提高。因此，生产上对前期发育不足的幼牛常利用牛的补偿生长特性在后期加强营养水平。牛出售或屠宰前的育肥，就是部分地利用牛的这一生理特性。但并不是在任何阶段和任何程度的发育受阻都能进行补偿。一般在生命早期（胚胎期、3月龄前）的生长发育受阻，很难在下一阶段（4～9月龄）进行补偿生长。在某一组织器官生长强度最大的时期生长发育受阻严重，则该组织器官在后期也很难实现补偿生长或完全的补偿生长。生长发育受阻越轻，则越能实现完全的补偿生长。

第三节　影响肉牛生长发育的因素

　　牛生长发育潜力的高低决定于遗传基因，而遗传潜力的发挥则依赖于动物生长所处的环境条件。也就是说，影响生长发育的因素包括遗传和环境两个方面。遗传因素是内在的、先天的，是由父母双方传递给子代的遗传物质组成在精卵结合的那一刻就已决定。具体到养牛业上，主要包括品种因素、性别的不同和杂交优势的利用。环境条件则包括饲养管理（日粮的营养水平、饲料组成类型、管理技术与措施）、母体大小、自然条件等。遗传和环境两方面因素都是养殖者可以进行选择、改变或加以调整的。

一、品种决定着肉牛生产的经济效益

　　牛的品种按生产方式可分为肉用型、乳用型、役用型和兼用型（肉乳兼用型、乳肉兼用型等）。按体型大小可分为大型品种、中型品种和小型品种；按早熟性可分为早熟品种和晚熟品种；按脂肪蓄积类型又可分为普通型和瘦肉型。一般小型品种以早熟性为主，大型品种多为晚熟种。我国的黄牛尽管体型不大，但均为晚熟种，役用或役肉兼用型。

　　不同品种，体组织的生长形式和在相同饲养条件下的生长发育仍有不同的特点。早熟品种一般在体重较轻时便能达到成熟年龄体组织的比例，晚熟品种需要较长的饲养期。小型早熟种在骨骼和肌肉迅速生长的同时，脂肪也在贮积，而大型晚熟品种的脂肪沉积在骨骼和肌肉生长完成后才开始，结果屠宰的年龄一般也要推迟。

　　脂肪的含量多少和分布部位的不同会直接影响肉的可口性、观

感和加工特性。前已述及，一般牛肥育期首先增加的是网油和板油，其次是肌肉上的皮下脂肪，且皮下脂肪的比例还随牛体重的增长而增加，最后进入肌肉纤维间，使肌肉呈现出大理石纹状。

二、性别直接影响着肉牛的生长发育速度

犊牛性别不同，生长发育速度不同。这是由于雄激素促进公犊生长，而雌激素抑制母犊生长。公犊在性成熟前由于性激素水平较低，生长发育没有明显加快，但肌肉增重速度大于母牛；在性成熟后，公犊性激素分泌增多，生长发育明显加快，阉牛和母牛次之。公牛、阉牛、母牛日增重速度的比较见表3-2。

表3-2　公牛、阉牛、母牛日增重速度的比较

项　目	公牛	阉牛	母牛
头数	12	22	12
日龄	361	383	398
肥育起始活重/千克	386.1	376.9	345.8
日增重/克	1470.7	1305.5	1012.9
肥育结束前重/千克	1070	984	869
胴体重/千克	597	508	493
肌肉重/千克	405	323	271
脂肉重/千克	132	160	156
肉骨比	5.1	4.8	4.8

三、杂种优势利用

杂交指不同品种或不同种牛间进行交配繁殖，杂交后产生的后代称杂种。不同品种牛之间进行杂交称品种间杂交，也是人们常用的杂交方式。杂交生产的后代往往在生活力、适应性、抗逆性和生产性能等方面比其亲本提高，这就是所谓的杂种优势。在肉牛业中，杂种优势主要表现在以下几方面。

①　由于丰富和扩大了遗传基础，杂种牛比母本品种的同龄犊牛初生重大，生长发育快，早熟，产肉率高出10%～15%，饲料报酬高出10%～12%，并使母牛的受胎力、泌乳力和母性能力改善。

②　杂种牛胴体内肌肉组织重量随年龄而增长，所占比例高于纯种牛，从出生到12～15月龄表现特别明显；肌纤维直径随年龄而增加，从出生到12～15月龄内杂种牛比纯种牛要大。

③　杂种牛对营养物质的消化利用率比纯种牛高，消化器官发

育更好，对纤维素的消化力更强。其血液中的蛋白质含量高，球蛋白多，更能抵抗外界环境的不利条件，因而在较差的饲养条件下比纯种牛表现出较高的生活力。

④ 杂种牛的遗传物质来自两个亲本，遗传性扩大，而杂交还能把两个亲本的有益特性结合起来，满足一定的生产需要。例如洛阳用山地牛与肉牛杂交，把生长发育快、良好的产肉性能与较强的越冬能力结合在一起。因此，可以在杂交的基础上开展新品种的选育工作。我国的草原红牛、新疆褐牛就是以这种方式育成的。

实践证明，利用优秀的国外肉牛品种杂交改良我国地方黄牛，杂种优势明显，比在种内选择收效要快得多。但是，肉牛的所有性状并不都是以同样的程度受着杂种优势的影响。有些性状的杂种优势率高，有的性状的杂种优势程度低，可概括为以下几点。

① 在生命早期表现的性状，如初生重、断奶重，受杂种优势影响大，而断奶后的增重速度受适度的影响。所以肉牛生产要早利用杂种牛的高生长速度。

② 表现最大程度杂种优势的那些性状，正是在近亲交配时受害影响最大的性状，如生活力、抗病力等。

③ 遗传性强的性状受杂种优势影响小。杂种优势在生活力、生殖力等方面表现最为显著，在生长发育迅速方面次之，而在屠宰性状方面几乎没有效果。所以专业化肉牛生产选择供杂交用的双亲，必须选择屠宰性状良好的品种。如图3-6、图3-7所示分别为夏洛莱牛与蒙古牛、夏洛莱牛与草原牛的杂交后代。

图3-6　夏洛莱牛与蒙古牛的杂交后代　图3-7　夏洛莱牛与草原牛的杂交后代

杂交可以产生杂种优势，但并不意味着任何两个品种杂交都能保证产生杂种优势，更不是随意每个品种的交配都能获得期望性状的杂种优势。因为不同群体的基因间的相互作用，既可以是相互补充、相互促进的，也可能发生相互抑制或抵消。参与杂交的品种在杂交中是否有杂种优势，优势程度大小，在哪些性状上表现优势，决定于它们的基因群之间相互作用的性质。因此，杂交的一个关键，就是要进行品种之间杂交组合效应的测定，即进行杂交试验，在多个组合中选择最优的组合。肉牛生产中常用的杂交方式有：级进杂交、经济杂交（包括二元杂交、三元杂交和双杂交）、轮回杂交、终端公牛杂交等。

四、年龄与肉牛的营养需求

牛的生长发育具有不平衡性，不同的组织器官在不同的年龄时段生长发育速度不同。如肉用犊牛生后 1～2 月龄给予丰富营养，能获得 1000 克以上的日增重，3 月龄后改为中等营养水平，则日增重降为 500 克，这样幼牛就变为腿高而体躯狭长的外形；而如果 1～2 月龄给予丰富营养，3 月龄后仍为高营养水平，则可获得 1200 克的日增重，幼牛变为腿中等高、体躯宽深和后躯发育良好。如果 3 月龄后给予丰富营养，并且逐渐给予大量青贮饲料和优质干草，就能使牛胃肠充分发育，消化机能大为加强。因此，生产上可利用不同营养水平和饲料组合对犊牛进行定向培育。在舍饲条件下肥育时，年龄较大的牛采食量较大，会发生一定的补偿生长。但由于低龄牛的增重主要是由于肌肉、骨骼和内脏器官增长，年龄较大牛的增重主要是由于脂肪沉积的效果，加之低龄牛的维持需要低于大龄牛。所以总体来说，大龄牛的增重效益要低于低龄牛直接育肥；大龄牛的脂肪沉积以母牛最快，阉割牛次之，公牛最慢。而饲料转化率以公牛最好，母牛最差。

五、生产中营养对肉牛生长的界定

营养对牛生长发育的影响表现在饲料中的营养是否能满足牛的生长发育需要。牛对饲料养分的消耗首先用于维持需要，之后多余的养分才被用于生长。因此，饲料中的营养水平越高，牛摄食日粮中的营养物质用于生长发育所需的数量越多；饲料营养水平的高低不仅影响牛的生长发育速度，还与牛对饲料的利用率有关，即饲料营养水平越高，牛对饲料的利用率越低；饲料中的含脂率提高，将减少牛的日粮采食量；提高日粮的营养水平，则会增加饲养成本等。因此，在肉牛生产实践中，并不是饲养水平在任何情况下都越高越好，而是要从生产目的和经济效益等方面综合考虑。

六、影响肉牛生产的管理因素

对牛生长发育有影响的管理因素很多，有些因素甚至影响程度很大。如寒冷地区在冬季搭建暖棚养牛与无暖棚相比，能使牛的育肥效果得到很大提高。对肉牛生产有较大影响的管理因素有：犊牛的出生季节，牛的饲喂方式和时间、次数，日常的防疫驱虫、光照时间、牛的运动等。

在正常情况下，犊牛出生以冬季产的初生重最大，夏季次之，秋季最小（图3-8、图3-9）。但出生后的体重增长以秋季产的最快，夏季次之，冬季最小。这主要是与母牛妊娠后期的营养状况及犊牛所处的环境有关。肉牛生长的最适温度一般要求在5～21℃之间，因此，冬季寒冷对肉牛的体重增长是不利的。

图3-8　春季出生2日龄的犊牛　　　图3-9　秋季出生2日龄的犊牛

运动可以促进各器官机能的发育，增强体质，提高生活力。在集约化生产条件下，保证运动的充足，能使牛胸廓和四肢发育良好。但架子牛在强度育肥阶段，是限制牛只过量运动的。

疾病对牛的损害是显而易见的。寄生虫的存在致使牛处于不健康或亚健康状态。因此，对于肉牛生产来说，除了要制定防疫计划，搞好免疫接种，做好对重大传染性疫病的预防外，饲养的肉牛还应阶段性地进行驱虫，特别是从市场新购回架子牛进行集约育肥，或做异地架子牛的育肥，必须在肥育前进行针对性的肠道驱虫。

第四章　肉牛生长的环境影响因素

（本章通过学习外界环境因素对肉牛的影响，初步了解温度、湿度、光照、环境质量、疫病等因素也能直接影响肉牛的生长发育。为此，可以根据肉牛对环境的要求，人为地改变养殖环境，为肉牛健康生长创造更加理想的生活条件。）

　　肉牛生产效果的好坏，最直接的因素是由肉牛的品种、年龄、体重、饲料质量等因素决定的。除此之外，还受到外界环境条件的制约，如：温度、湿度、光照、环境质量、疫病等，它们对牛生长发育的影响主要是造成采食量波动、营养消耗增加和牛体的不适。如高温造成牛采食量减少，气温不适造成牛体营养消耗增加等；环境恶劣，不仅使肉牛生长缓慢，饲养成本增高，甚至会使机体抵抗力下降，诱发各种疾病。这是肉牛生产上不可忽视的主要因素。一般而言，通过改善饲养设施和加强管理，可减少不利环境对牛生长发育的影响，但人们对环境条件的可控制程度是有限的。

第一节　温　　度

　　肉牛的生长与生产潜力，只有在适宜的外界温度条件下才能得到充分发挥。温度过高和过低，都会影响肉牛的健康生长。

　　① 肉牛的适宜生长温度。牛是恒温动物，无论环境温度高低，都会借生物机能调节来保持恒定的体温。当环境温度下降时，牛体散热增加，需要提高代谢率来增加产热量，以保持体温恒定。这种开始提高代谢率的温度叫做临界温度。但是，不同的品种、不同的年龄阶段对温度的要求是不同的。

　　肉牛正常的生长发育所需要的温度为 5～21℃，其中 10～15℃ 时最为适宜。超过这个范围，就会在一定程度上制约肉牛的生长。

　　② 牛舍内温度高于适宜温度时，牛采食量明显下降，严重时

还会造成中暑或死亡。高温对母牛繁殖力也有不良作用，配种后最初 2～3 周内以及临近分娩时的高温会不利于受胎率、窝仔数和仔牛窝重。为避免夏季高温导致的后果，要使每天的平均温度保持在 27℃ 以下，并避免温度升到 29℃ 以上。超过 36℃ 时，母牛受胎率降低，死胎数增加，窝重减轻，甚至引起流产，公牛射精量减少，精子成活率低。同时高温导致牛舍内粪尿加快蒸发，有害气体增加，对肉牛生长发育不利。

③ 牛舍内温度低于适宜温度时，牛靠自身机制抵御寒冷。然而气温骤变过低时，会诱发牛群发生疫病。仔牛在低温环境就会扎堆，哺乳的活力降低，减少母乳的摄入，引发肠炎、感冒、肺炎等多种疾病并存的呼吸道综合征，死亡率增加，生长停滞而形成僵牛。

④ 做好牛舍的保温、防寒、防暑等工作。

a. 保温防寒

ⅰ. 在不影响舍内饲养管理和卫生状况下，适当加大密度。春冬季养殖肉牛，要做好牛舍保温。ⅱ. 要搞好牛舍棚维修，顶部不可漏雨雪，四周墙壁、椽眼孔隙及窗户要堵塞严实。选择透明塑料膜，扣棚时要绷紧铺平，棚与墙相接处需用泥封严实。夜间和风雪天需用草帘在棚上保温，白天卷起固定在顶部。及时清除棚上积雪和灰尘，以免压塌牛舍和影响透光性能。ⅲ. 经常更换铺垫干土或垫草，利用锯末当垫料可以改善牛体周围的小环境，防止潮湿是间接保暖方法，使舍棚内保持 5℃ 以上温度。ⅳ. 冬春季气候渐暖，应逐渐增大揭棚面积，控制气流防止阴风，禁止全揭，以防牛感冒。

b. 牛舍的防暑降温。在炎热的条件下，采取遮阳、隔热、绿化等措施消减太阳辐射的危害。主要用简单经济的方法促进牛只体热的散发。

ⅰ. 加强通风，打开所有窗户和通风孔，采用电扇和排风机加强舍内空气流动。ⅱ. 栏舍屋顶安装喷水、湿帘等降温设施，主要是向牛体、地面和屋顶喷淋或喷雾等，缺点是湿度增加。夏季中午做好防暑降温工作，定时给牛床、牛头淋水。ⅲ. 保证牛槽内有充足清洁饮水，在饮水中添加 0.1%～0.2% 的人工盐、多维或 0.5% 小苏打，调节肉牛体内电解质平衡，减少热应激的发生。ⅳ. 降低饲养密度。降低比例为 $1/4 \sim 1/3$，可避免拥挤，改善空气质量，减少热应激，尤其是妊娠母牛，若密度过大，会因炎热烦躁相互争斗而引起撞伤、流产，所以最好单栏饲养。如图 4-1～图 4-4 为几种保温防寒及防暑降温牛舍图片示意。

图 4-1　冬季保温防寒牛舍侧视图　　图 4-2　冬季保温防寒牛舍门道设计

图 4-3　夏季防暑降温简易牛舍　　图 4-4　夏季防暑降温中等质量牛舍

第二节　湿　　度

肉牛在正常生长发育过程中对湿度的大小有一定的要求，一般来说，牛舍适宜的相对湿度是 $50\% \sim 60\%$，最高不超过 75%。湿度过高、过低都会影响肉牛的生长发育。湿度是通过影响牛的体热平衡而影响其生产水平的。在适宜的温度条件下，湿度一般不影响增重。在高温或低温情况下，湿度对增重的影响就比较明显。

① 在高温高湿条件下，肉牛的日增重和饲料利用率都会明显

下降；此时的环境对细菌的繁殖是相当有利的，并容易引发体外寄生虫病和呼吸系统疾病等。

②肉牛在低温高湿条件下，易发生风湿症、关节炎及消化道疾病。

③空气过于干燥，再加以高温，牛皮肤和外露黏膜干裂，减弱皮肤和外露黏膜对病原微生物的抵抗能力。

所以，牛舍温度在 15℃，空气相对湿度为 55%～60%时，是肉牛的生长发育最佳温湿度。

第三节 光　照

适量的光照对肉牛生长发育有一定的促进作用。光照可以使牛神经系统兴奋，提高代谢水平，加强钙、磷的代谢，促进骨骼生长，并且通过神经系统还可以促进生殖腺的生长。其中，阳光中的紫外线可促使体内合成维生素 D_2 和维生素 D_3，促进钙的吸收，并具有杀菌和增强免疫力的作用。

所以，对于拴养户来讲，肉牛下槽接受阳光沐浴是相当必要的。

不过，肉牛在最后催肥阶段需要黑暗环境，这样能使其安静休息，加速增重。

第四节 环　境　质　量

牛舍的环境质量通常是指牛舍内的有害气体、粉尘和饲养密度等。牛舍内的有害气体主要指氨气、硫化氢、二氧化碳等。舍内有毒有害气体浓度过大，可直接威胁牛只健康，影响生长发育，严重时可引发牛的支气管疾病以及流行性感冒等。

一、有毒有害气体

1. 氨气

牛舍内的氨气是由粪尿、饲料和垫草等废弃物分解而来。据调查，牛舍内含氨量达 0.005%时，对牛产生有害影响；氨气达 0.01%～0.015%时，牛的日增重和饲料利用率都会降低；低浓度的氨气长期作用可引起牛的抵抗力降低，发病率和死亡率增高。

在通常状态下，要求牛舍的氨气含量不超过0.0026％。所以，应做好牛舍粪便的清除工作。

2. 硫化氢

硫化氢也是由牛舍内的粪尿、饲料和垫草等含硫有机物分解而成的，对牛的威胁很大。高浓度的硫化氢气体会引起牛的眼炎、咳嗽、肺水肿等，使牛的体质变弱，抵抗力下降。

在通常状态下，要求牛舍内的硫化氢含量不超过0.001％。

3. 二氧化碳

牛舍内的二氧化碳是由牛的呼吸产生的废气。二氧化碳本身无毒，但高浓度的二氧化碳长期作用可造成牛舍内缺氧，使牛精神不振、食欲减退、增重减少。

一般牛舍内二氧化碳的浓度要求不超过0.15％。所以，牛舍要保持良好的通风换气。

二、饲养密度

饲养密度是指单位面积饲养牛的头数或每头牛占有的面积。饲养密度过大，夏季不利于牛体散热；冬季虽能提高牛舍温度，但由于密度大，使牛只因争斗引起的采食不均、休息时间缩短，继而影响生长发育。并且散发的蒸气和产生的有毒有害气体都多，若通风换气不及时，会使牛舍空气污浊，不利于牛体健康。而密度过小，则不能充分利用牛舍和其他设施，造成浪费。

牛的养殖密度一般成年拴养牛每头占地面积为4.5～5平方米，成年散养牛每头占地面积为7.5～9平方米。

三、牛舍中的粉尘

牛舍中粉尘多来自饲料、粪便、动物的皮毛、昆虫和微生物等多种生物体组成，如真菌。内源毒素、有害气体及其他有害病原菌，眼不易观察到，但都有一定的活性。另外牛舍的臭气会黏附于粉尘，传到很远的地方，并存在很长时间，吸入后黏附于肺部组织，引起呼吸道疾病，粉尘黏附于牛体表面与皮脂腺的分泌物和皮屑等混合黏结在皮肤上，引发皮炎、干燥、破裂。

因此，必须要做好牛舍内的防尘工作。具体防尘措施如下：

①牛舍顶部通风孔（图 4-5）要经常打开，在舍内分发干饲料时动作要轻，不得干扫牛舍地面，也可安装除尘器或阳离子发生器。②保持栏舍卫生（图 4-6）。每天至少清理粪便 2～3 次，每周消毒1 次，并做好栏舍周围清洁卫生及灭蚊蝇工作。

图 4-5　设计合理的牛舍顶部通风孔　　图 4-6　清洁整齐的冬夏两用牛舍

第五节　疫病对肉牛生长的影响

除了温度、湿度、光照、环境质量等因素外，各种疫病也是影响肉牛生长发育的关键因素。肉牛的疾病种类很多，包括季节性疾病、传染病、寄生虫病、营养缺乏病和中毒病等，其中传染病危害最大。这些疾病一旦发生，不仅影响正常的生长发育，而且还会造成大量的畜禽死亡，甚至殃及全群，造成很大的经济损失。

一、各类应激对肉牛的影响

1. 应激反应造成肉牛生产性能下降

应激时，机体必须消耗大量能量来抵抗应激源的刺激，而使机体蛋白质、碳水化合物、脂肪等的分解代谢增强，合成代谢降低，糖皮质激素分泌增加，导致肉牛生长停滞、体重下降、饲料转化率降低。

2. 应激反应造成肉牛免疫力降低

牛受到应激源的刺激后，因糖皮质激素的大量分泌，导致胸腺、脾脏和淋巴组织萎缩，使嗜酸性白细胞、T 淋巴细胞、B 淋巴细胞的产生、分化及其活性受阻，血液吞噬活性减弱，体内抗体水平低下，从而抑制了机体的细胞免疫和体液免疫，导致机体免疫力下降、抗病力减弱，因而对某些传染病和寄生虫病易感性增加，降低预防接种的效果，往往造成传染病和流行病的流行。

3. 应激反应造成肉牛品质降低

应激敏感动物在有应激源作用时，不仅其生产性能降低，还常发生生理病变，从而影响畜产品品质。生产中，肉牛受到应激时也常导致 DFD 肉（指专因应激而造成的白肌肉）的发生。

二、传染病对肉牛生长的影响

传染病是由病原微生物如细菌、病毒、支原体等侵入牛体，并在牛体内生长繁殖而引起的具有传染性的疾病。肉牛被感染后，出现体温升高、食欲不振、生理功能亢进等一系列症状，轻的造成畜禽采食量下降、生长速度降低或停止，继而出现料肉比增加、生产成本加大；重者造成牛只死亡，严重影响肉牛养殖的经济效益。

三、寄生虫病对肉牛生长的影响

寄生在牛体内的寄生虫称为内寄生虫；寄生在牛体外的寄生虫称为外寄生虫。寄生在肉牛体内外的寄生虫种类多，分布广泛，常以极为隐蔽的方式摧残肉牛的健康，损害其繁殖性能，抑制犊牛的生长发育，从而大大地降低牛的生产性能，甚至造成肉牛的死亡。

四、营养性疾病对肉牛生长的影响

营养性的病是由于饲料中缺乏某种营养而造成的影响肉牛正常

图 4-7　缺乏营养成分的坝上牛

图 4-8　缺乏营养成分的平泉架子牛

生长发育的疾病。它直接影响着牛体的健康，影响生理消化机能；诱发其他疫病的发生，造成肉牛生长缓慢，养殖效益降低。所以，必须根据肉牛的营养需求配制日粮，避免营养性疾病的发生。如图4-7、图4-8所示为缺乏营养成分的牛的外形图。

第五章 肉用牛的选择技术和原则

（本章重点学习怎样选购生长速度快、育肥效果好的优质架子牛。但在实际生产过程中，是根据事先设计的育肥时间长短来确定选择架子牛的品种、体重的，与理论上掌握的技术有一定的差距。）

牛的体型外貌是家畜一定生产性能的直接表现。如奶牛体型呈楔形，具有发育良好的泌乳器官；肉牛体型呈长方形或圆筒状，具有宽、深和肌肉丰满的体躯。体型外貌不仅能反映出家畜一定的生产性能，还与发育情况、健康状况有密切关系。因此，体型外貌是品种的重要特征，是判断牛营养水平和健康状况的依据。

第一节 肉牛的体型外貌

一、肉牛的体型外貌特征

从一般外形上看，肉牛的体型外貌不论从侧望、上望、前望和后望，其体躯均呈明显的矩形（图 5-1）或圆筒状（图 5-2）。体躯低垂，皮薄骨细，全身肌肉丰满，疏松均匀。

图 5-1　肉牛矩形外貌　　　　　图 5-2　肉牛圆筒状外貌

肉用牛的体型外貌在很大程度上直接反映其产肉性能。肉用牛与其他用途的牛在肉的品质上具有共同的规律，即都是背部的牛肉最嫩（包括外脊、里脊、上脑、眼肉），售价最好，前、后腿和肩甲部次之，前胸、尻部、腹部、颈部依次排列。乳用牛和不经育肥的役牛背部和后躯较瘦，着肉量少，优质部位肉的比例较少，售价较低；经强度育肥后，肉用价值明显提高。图 5-3 给出 3 种不同的肉牛后臀外形，即优质牛后臀外形、中等牛后臀外形和架子牛后臀外形。

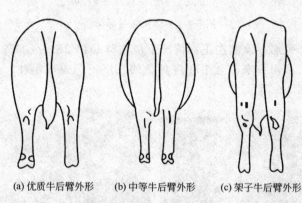

(a) 优质牛后臀外形　　(b) 中等牛后臀外形　　(c) 架子牛后臀外形

图 5-3　肉牛后臀外形比较

二、肉牛的主要分区部位特征

肉牛因品种不同，每个分区部位要求也不同。因此，在实际生产过程中可以根据分区部位特点，选择那些具有育肥价值的牛只作为育肥对象。具体部位名称见图 5-4(a)、(b)，图中 1 为牛的眼肌部位，2 为牛的上下颌部位，3 为牛的前肩部位，4 为牛的肥牛部位，5 为牛的外脊部位，6 为牛的腹肉部位，7 为牛的米龙、黄瓜条部位，8 为牛的腱子部位，9 为牛的肩前段部位，10 为牛的中段部位，11 为牛的后段部位，12 为牛的下档部位。

所以，在测量牛的部位时，应按图 5-4(a)、（b）中标线位置进行测量。包括：腰围、腹围、体斜长、管围等。

（1）头颈　头部在相当程度上集中了牛的类型特点。其颊部宽度占长度的 43% 左右。头部与整体相称，分笨重、粗糙、清秀、长、短、宽、窄（图 5-5）。

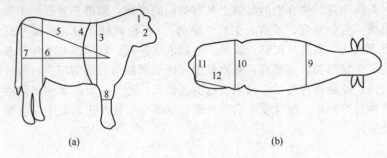

图 5-4　牛体尺测量部位

（2）颈部　颈部在正常情况下应占体长的 $27\%\sim30\%$。颈部分长、短、粗、窄。公牛在应具备的长度下，表现粗壮，母牛清秀。如图 5-6 所示。

图 5-5　牛的头部形态特点

图 5-6　牛的颈部形态特点

（3）鬐甲　在一条线上，宽厚多肉，两肩与胸部接合良好，无凹痕，肌肉丰满。

（4）前胸　在两肋之间表现饱满而有张力，两前腿之间缝隙较大；肋骨弯曲度大，肋间隙小。

（5）背腰　平直、宽广、多肉。脊柱两侧肌肉非常发达，腹线平宽丰圆，整个中躯呈粗圆筒状。如图 5-7 所示为圆筒状肉牛背腰的不同方位图。

（6）尻部　理想型是宽长而方正、从骨端略低于腰角。腰角和髋部的宽度十分接近。肉用型牛的尻部应肌肉发达。具有双肌肉特征的牛自尻部到后裆表现尤为突出，牛的髋宽大于腰角宽，肌肉束在后躯明显可见，后裆肌肉饱满、突出，延伸到飞节往后的位置。

(a)肉牛前上方俯视图　　(b)肉牛右侧俯视图　　(c)肉牛后上方俯视图

图 5-7　圆筒状肉牛背腰的不同方位图

两腿宽而深厚，腰角钝圆，坐骨端距离宽，厚实多肉。如图 5-8 所示。

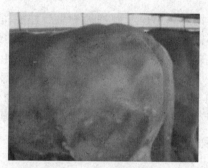

图 5-8　肉牛尻部的侧视图

（7）腹部　腹部应是筒状的（图 5-9），但不能呈下坠状；"嵌窝"越小越好，育肥后肌肉表现也越丰满。

（8）四肢　理想型是站立端正和关节活动灵活，飞节不能靠近，关节清晰，四蹄端正，蹄质光滑，不得有裂缝和折损，系部要

图 5-9　肉牛腹部的侧视图　　　　图 5-10　肉牛四肢的侧视图

矫健。如图 5-10 所示。

第二节　肉牛体型外貌的鉴定方法

肉牛的鉴定一般可以分为一般体型外貌鉴定和体重鉴定。

一、肉牛体型外貌鉴定

肉牛体型外貌鉴定有三种方法，即肉眼鉴定、评分鉴定和测量鉴定。

1. 肉眼鉴定

该法是通过眼看、手摸来判别肉牛生产性能高低的鉴定方法。其简单易行，不需任何仪器和设备，但要有丰富的经验，具体做法是：让牛站在比较开阔平坦的地面上，鉴定人员距牛 3～5 米绕牛一周仔细观察，分析牛的整体结构是否平衡，各部位的发育程度、结合状况以及相互间的比例大小，以得到一个总的印象，然后用手触摸牛体，注意牛体厚度、皮下脂肪多少、肌肉弹性及结实程度，最后对牛做判断决定等级。

2. 评分鉴定

评分鉴定是将牛体各部依其重要程度分别给予一定的分数，总分为 100。鉴定人员根据外貌要求，分别评分。最后综合各部位评得的分数，即得出该牛的总分数。然后按给分标准，确定外貌等级。肉牛外貌评定等级见表 5-1。

表 5-1　肉牛外貌等级评定表

性别	特等	一等	二等	三等
公	85	80	75	70
母	80	75	70	65

现将我国肉牛繁育协作组制定的肉牛外貌鉴定评分列表 5-2。

所有肉用牛无论性别，都应具有一定的肌肉度。母牛至少要呈现一般的肌肉度，而公牛必须要有高于一般厚实程度的肌肉度。外貌鉴定中不可疏忽的是观察公牛的雄性表现和母牛的雌性表现。大多数留作种用的公牛到 1.5 岁时，睾丸围至少 32 厘米长，一头具

表 5-2　肉牛外貌鉴定评分表

部位	鉴定要求	评分	
		公	母
整体结构	品种特征明显,结构匀称,体质结实,肉用体型明显,肌肉丰满,皮肤柔软有弹性	25	25
前躯	胸深宽,前胸突出,肩胛平宽,肌肉丰满	15	15
中躯	肋骨开张,背腰宽而平直,中躯呈圆筒形,公牛腹部下垂	15	20
后躯	尻部长、宽、平,大腿肌肉突出伸延,母牛乳房发育良好	25	25
肢蹄	肢蹄端正,两肢间距离,蹄形正,蹄质坚实,运步正常	20	15
合计		100	100

有比较大的睾丸围的公牛被认为配种能力较强,其后代母牛的性成熟比较早。

3. 测量鉴定

这种方法更具有客观性,其必须使用测量工具对牛体各部进行测量,边测量边记录。测量指标包括牛的体尺指数和体重指标(图 5-11～图 5-13)。

体尺指数是一种体尺对另一种体尺与它在生理解剖上有关的体尺数字的比例。它反映了牛体各部位发育的相互关系与比例。现将生产上常用的 5 种指数的计算方法介绍如下。这些指数可综合地用来研究肉牛的生产性能。

（1）体长指数

$$体长指数＝体长/体高×100\%　　　　(5-1)$$

胚胎型的牛,由于胚胎期高度发育不全,此指数较大;生长期发育不全的牛,则由于长度发育受阻,其指数远较同品种平均数为低。

（2）体躯指数

$$体躯指数＝胸围/体斜长×100\%　　　　(5-2)$$

此指数是表现家畜体躯发育情况的一种指标,说明牛的躯干是"粗"或"修长"。

（3）尻宽指数

$$尻宽指数＝坐骨端宽/腰角宽×100\%　　　　(5-3)$$

这一指数在鉴别公、母牛时特别重要。尻宽指数越大越好。高度培育的品种，其尻宽指数较原品种要大。

（4）胸宽指数

$$胸宽指数＝胸宽/胸深×100\% \qquad (5\text{-}4)$$

此指数说明体躯高度和宽度上的相对发育程度。

（5）管围指数

$$管围指数＝管围/体高×100\% \qquad (5\text{-}5)$$

这一指数可判断家畜骨骼相对发育的情况。

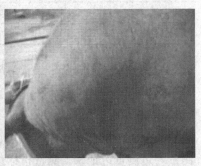

图 5-11　育肥牛的背部形态　　　图 5-12　育肥牛的臀部形态

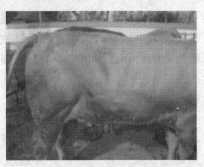

图 5-13　育肥牛的腰腹部形态

二、体重测定

体重测定一般采用的方法有以下几种。

1. 实测法

实测法也叫称重法，是在平台式地磅上称重。这种方法最为准确。犊牛每月测重一次，育成牛每 3 个月测重一次，成年牛根据生产需要进行测定。称重应在饲喂前或放牧前，连续 2 天同一时间称重，然后求其平均数。

2. 估测法

估测法是在没有地磅的情况下，用体尺测量计算体重的方法。估测方法有很多，使用的公式不同，要求测量的体尺也各异。估测法所得的结果会与实际称重结果有一定差异，一般认为与实际相差 5％以内即为合格。在实际工作中，以求其准确，但应有适当的数据作根据。现将常用的几种公式介绍如下。

体重（千克）＝胸围（平方厘米）×体斜长（厘米）÷10800（肉牛）

(5-6)

体重（千克）＝胸围（平方厘米）×体斜长（厘米）÷10420（黄牛）

(5-7)

对于有丰富经验的市场交易经纪人，可通过目测直接评估肉牛的体重。

第三节　牛的年龄鉴定

牛的年龄与体重、生长速度、肥育效果、牛肉品质、产奶量及配种繁殖效率等有密切关系，因此年龄是评定牛经济价值和育种价值的重要指标。选牛时，应首先认清年龄，但当无出生记录时，就要进行判定，依据牙齿鉴定年龄是最为准确的方法，此外还可依据其他外貌特征进行鉴定。

一、根据牙齿鉴别年龄

牛共有 32 对牙齿。其中门齿又称切齿 8 枚，生于下颚前方（上颚是角质层形成的齿垫，无对应牙齿），第一对叫钳齿，位于下颚中央，第二对叫内中间齿，位于钳齿两侧；依次向外是第三对，称为中间齿。第四对为隅齿，位于最外边。接着排下来的是臼齿，分前臼齿和后臼齿，两侧上下颚各 6 枚，共 24 枚。其齿式排列如下：

上颚	3	3	0	3	3
下颚	3	3	8	3	3

牛的牙齿，最初生出的是乳齿。乳齿小而洁白，表面平坦，薄

而细致，齿间有缝隙，且有明显的齿颈。乳齿只有门齿8枚和前臼齿12枚，共20枚。无后臼齿。一般牛犊出生时已长有乳钳齿，有时还有乳中间齿，3～4月龄时，乳门齿全部长齐。以后从4～5月龄开始，随着年龄的增长，乳齿的齿面依次从中央到两侧逐渐磨损，磨损到一定程度时，乳门齿从钳齿开始向两侧依次脱落，换成永久齿。永久齿外形大，齿冠长且排列整齐，齿间无空隙，色黄，不如乳齿洁白、细致，二者很易辨认。由于牛门齿的发生、脱换和磨损情况与牛年龄密切相关，因此可依据其判断牛的年龄状况。牛换齿与年龄的关系为：

1.5～2岁，脱换钳齿（一对牙）（图5-14）；

2.5～3岁，脱换内中间齿（两对牙）（图5-15）；

3.5～4岁，脱换外中间齿（三对牙）；

4.5～5岁，脱换隅齿（四对牙也叫齐口）；

5岁以上可根据齿面磨损程度进行年龄鉴定：

5岁，第一对门齿（钳齿）磨损；

6岁，第二对门齿（内中间齿）磨损；

7岁，第三对门齿（外中间齿）磨损（图5-16）；

8岁，第四对门齿（隅齿）磨损；

9岁，钳齿凹陷出现齿星，内、外中间齿的磨面磨成近四方形；

10岁，内中间齿凹陷出现齿星，隅齿的珐琅质磨完，全部4对门齿变短，呈正方形，齿间出现空隙；

11～12岁，外中间齿和隅齿出现齿星，钳齿和中间齿的磨面磨成圆形或椭圆形；

13～15岁，全部门齿的牙釉质均已磨完，磨面改变形状略微变长，齿星变成长圆形；

15～18岁，门齿磨至齿龈，齿面磨完，齿间距离很大，门齿已有活动和脱落现象，此时已难准确判断牛的年龄。

我国农民在长期的生产实践中，总结出关于牛牙齿判断年龄的农谚：2岁两个牙，3岁四个牙，4岁六个牙，5岁八个牙称满口（齐口），门齿开始磨损，六岁一道缝，七摇八不动。

以上是根据牙齿判断年龄的大致情况。此外，牛的牙齿变化还与品种、饲料和饲养类型有关。一般早熟的品种，牙齿更换稍早，

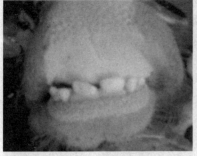

图 5-14　1.5～2 岁，脱换一对牙

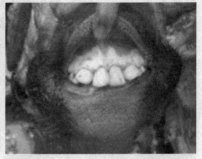

图 5-15　2.5～3 岁，脱换两对牙

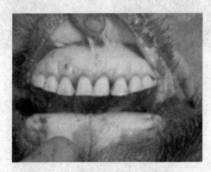

图 5-16　7 岁，第三对门齿磨损

磨损也快；饲料类型粗硬和以放牧为主的牛，门齿磨损也较快。我国的黄牛品种较晚熟，所以牙齿更换一般在 1 岁半左右，牙齿磨损也较晚。因此，农户在购买架子牛时，可根据牛的牙齿变化规律，尽量选择青、壮年牛喂养。

二、根据外貌鉴别年龄

依据外貌鉴别年龄只是一个辅助手段，因为根据外貌只能识别牛的老幼，而不能判断准确年龄。

一般年轻的牛，被毛光润，皮肤柔润而富有弹性，眼盂饱满，目光明亮，举动活泼有生气。而老年牛皮肤干枯，被毛无光，眼盂凹陷，目光呆滞，行动迟缓。对于有角母牛，还可以根据角轮来判断年龄。角轮的形成是由于母牛在妊娠期间营养不足，在角面形成的一轮凹陷，母牛每分娩一次，角表面即形成一凹轮，所以用角轮数目加 2，即约等于牛的实际年龄加 2，是因为母牛大多在 2 岁后配种生产。但这只是一般正常情况，若母牛空怀、流产、患病或营养不平衡时，角轮的深浅、宽窄都会不一样，而且往往界线不清，每年也不止形成一个。因此，通常只计算相对明显的角轮（参见图5-17～图5-19）。

图 5-17　1.5 岁牛的角轮

图 5-18　4 岁牛的角轮

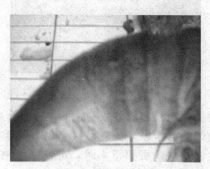

图 5-19　7 岁牛的角轮

所以，我们在选购架子牛时，应考虑当地的肉牛销售市场实际情况，有针对性地从架子牛的品种、年龄、体重及肥育后销售去向等方面入手，采购那些营养状况中等、无病残症状、有育肥价值、个体大、品种好的个体作为育肥对象。目前，规模养殖户经常选购四大黄牛品系、蒙古牛、西门塔尔等体况良好的或年龄在 2.5 岁以上的母牛，体重保持在 250 千克以上的牛只作为育肥对象，也有的选购父系为西门塔尔的蒙古牛后代，这种牛经过强度育肥后，深受大中型屠宰加工厂的喜爱，是当前规模养殖场选购的主要品种。对肥育后销售到中小屠宰场的养殖户，可根据自己的实际情况自行确定饲养品种和体重。

一般来说，非指定的规模养殖场和散养户在选择养殖品种时应以蒙古牛或东北牛为主，尤其是西门塔尔、海福特、夏洛莱、利木赞牛等蒙古牛的杂交后代（图5-20～图5-23）；这些杂交后代具有生长速度快、抗病和适应能力强、料肉比低、饲养利润空间大等特点，且牛源范围广。

图5-20　用秦川牛改良后
　　　　的蒙古公牛

图5-21　用西门塔尔牛改良后
　　　　的蒙古母牛

图5-22　用夏洛莱牛改良后的蒙古牛

图5-23　用海福特牛改良后的蒙古牛

对于以屠宰加工厂为依托的饲养场来说，应根据屠宰加工厂的屠宰需求选购指定的肉牛品种。

第六章　公牛的去势技术

（通过本章的学习，应了解公牛去势是提高肉牛品质的有效途径。为此，养殖户可以根据去势的基本技术，广泛地应用于生产实际。）

公牛去势是饲养管理中的一项重要措施，其主要目的在于改善牛肉的品质，提高高档肉的出成比例，增加养殖的经济效益。经过去势的公牛，原有的性生理结构发生了重要变化，性情也随之逐渐变得温顺，采食饲料获取的能量除了维持自身的需求外，全部用于肌肉骨骼的生长和脂肪的蓄积，这对提高肉牛的牛肉品质有着相当重要的意义。

第一节　公牛与去势公牛的饲养差别

一、公牛与去势公牛的增重比较

去势过程和结果对阉公牛增重的影响是肯定的，影响程度的深浅在于去势年龄的早晚和技术人员的操作水平。通过对年龄相似的西门塔尔杂交公牛和去势公牛在相同的饲养条件下育肥 12 个月的比较（参见表 6-1）得知，在育肥期内公牛的增重比去势公牛高9.6%，和文献资料相似（7%～12%）。

表 6-1　公牛和去势公牛育肥增重比较表

性类别	头数	育肥开始体重/千克	育肥结束体重/千克	日增重/克	比较/%
去势公牛	15	257.5±39.5	538.4±73.5	780	100.0
公牛	15	260.7±40.7	576.3±68.8	876	109.6

二、公牛与去势公牛的饲养效益比较

在 360 天育肥时间里，公牛育肥时增重较去势公牛高，饲料报酬也较好，如表 6-2 所示。

表 6-2　公牛和去势公牛的饲养效益比较表

性类别	头数	育肥开始体重/千克	育肥结束体重/千克	精饲料报酬	比较/%
阉公牛	15	257.5±39.5	538.4±73.5	6.44	100.0
公牛	15	260.7±40.7	576.3±68.8	6.01	106.7

在 360 天育肥期内，去势（阉割）公牛每增重 1 千克活重需消耗精饲料量为 6.44 千克；公牛每增重 1 千克活重需消耗精饲料量为 6.01 千克，较去势公牛少 0.43 千克。按每千克精饲料价 1.5 元计，公牛育肥较去势公牛在 360 天育肥时间里少消耗精饲料 135.7 千克（203.55 元）。因此从育肥期增重、精饲料消耗量分析，公牛育肥期饲养效益高于去势公牛。

但是从育肥牛的出售价格比较时育肥公牛不如阉公牛育肥高，每千克活重差 1.0～1.5 元，1 头育肥牛出售相差 600～800 元。因此从总的饲养效益分析，阉公牛育肥仍好于公牛育肥。

三、公牛与去势公牛育肥后的牛肉品质比较

公牛去势育肥和不去势育肥对牛肉品质的影响是公认的，影响程度的大小还决定于公牛去势月龄的早晚，作者比较了 8～10 月龄去势牛育肥、16～18 月龄去势牛育肥、不去势牛育肥三种牛的牛肉品质，如下所述。

1. 去势公牛屠宰成绩比公牛好

作者选用年龄、体重相近的去势公牛（A：8～10 月龄阉割、B：12～14 月龄阉割）和公牛处在相类似的饲养管理条件下育肥饲养，并屠宰测定（同步 20 月龄出栏）它们的屠宰率、净肉率、胴体体表脂肪覆盖率。去势公牛、公牛屠宰率、净肉率、胴体体表脂肪覆盖率比较如表 6-3 所示。

表 6-3 表明去势公牛的屠宰率、净肉率比公牛的低，去势公牛的胴体体表脂肪覆盖率均好于公牛。

2. 去势公牛牛肉大理石花纹等级比公牛好

（1）公牛和去势公牛育肥屠宰后，牛肉大理石花纹等级的比较　公牛和去势公牛在同一条件下育肥饲养，肌肉呈现大理石花纹的能力（即育肥期体内脂肪沉积的能力）差别极大，用 6 级制（1 级最好）标准比较（见表 6-4），去势公牛 1、2 级占 84%～88%，无

表 6-3　公牛与去势公牛屠宰率、净肉率比较

性别	统计数/头	屠宰率/%	净肉率/%	胴体体表脂肪覆盖率/%
晋南阉公牛 A	28	55.38±1.57	46.06±2.06	85.99±1.39
晋南阉公牛 B	25	55.84±2.07	46.20±1.84	85.28±2.23
晋南公牛	20	56.30±1.58	47.06±2.00	58.68±2.33
秦川阉公牛 A	29	55.02±2.17	46.95±2.56	85.69±4.43
秦川阉公牛 B	25	55.22±2.21	46.54±1.71	84.21±1.24
秦川公牛 A	20	56.80±1.48	47.36±1.98	57.18±2.03
鲁西阉公牛 A	25	56.06±2.04	47.50±2.57	84.69±3.38
西鲁杂交公牛	47	57.17±2.45	49.73±3.14	58.45±4.47
南阳阉公牛 A	26	54.94±1.52	45.98±1.96	85.11±2.24
南阳公牛	20	56.14±1.52	46.38±1.98	54.15±2.78
科尔沁阉公牛 A	15	52.44±1.98	42.89±2.08	84.73±1.56
科尔沁公牛	15	54.93±1.49	45.94±1.61	50.19±1.56
延边阉公牛 A	10	55.29±1.25	45.10±1.60	83.37±1.25
延边公牛	10	56.29±1.45	46.20±1.80	53.37±1.45
复州阉公牛 A	10	54.05±1.58	45.62±1.29	83.31±0.99
复州公牛	10	55.75±1.67	46.82±1.49	52.97±1.67
渤海黑公牛阉 A	12	55.59±1.75	45.37±1.89	83.94±0.94
渤海黑公牛	12	56.89±1.55	46.37±1.69	53.77±1.58

5、6 级。公牛无 1 级，2 级占 10% 左右，而 4、5 级占的比例较大。

（2）早去势和晚去势公牛牛肉大理石花纹等级的比较　早去势公牛大理石花纹等级 1 级占 44%～64%、2 级占 33%～44%，无5、6 级；晚去势公牛牛肉大理石花纹等级 1 级占 10%，2 级占20%，3 级占 70%。

从牛肉大理石花纹等级分析得知，早去势公牛好于晚去势公牛，更好于不去势牛；晚去势公牛好于不去势牛。具体情况见表 6-4。

表 6-4　阉公牛、公牛牛肉大理石花纹等级比较

性别	统计数	1 级	2 级	3 级	4 级	5 级	6 级
鲁西阉公牛	25	44.00%	44.00%	8.00%	4.00%	0	0
秦川阉公牛	25	64.00%	20.00%	16.00%	0	0	0
晋南阉公牛	15	53.33	33.33%	13.33%	0	0	0
鲁西公牛	10	0	0	0	90.00%	10.00%	0
秦川公牛	11	0	9.09%	27.27%	54.55%	9.09%	0
晋南公牛	15	0	13.33%	53.33%	13.33%	20.00%	0

3. 去势公牛的脂肪沉积量比公牛多

在同一测定中去势公牛体内脂肪沉积量远远大于公牛。实验表明，去势公牛肉间脂肪量（32～46千克）、肾脂肪量（17～18千克）及心包脂肪量（2～3千克）都远远大于公牛，说明去势公牛在育肥饲养过程中沉积脂肪的能力强，也说明以大理石花纹、背部脂肪厚为特色的高档（价）牛肉只有去势公牛才能完成。另一方面，去势时间较晚（18月龄）的延边去势公牛沉积脂肪的能力比适时去势（8～14月龄）公牛差，但又比未去势的公牛强。

4. 去势公牛牛肉嫩度（剪切值）比公牛好

通过对去势公牛和公牛牛肉的嫩度（用沃布肌肉剪切仪测定，剪切值用千克表示）的测定得知：去势公牛比公牛牛肉的嫩度好得多。如表6-5所示。

表6-5　去势公牛与公牛牛肉的嫩度（剪切值）统计

项目	晋南阉公牛	秦川阉公牛	科尔沁阉公牛	延边牛（晚去势）	复州公牛	渤海黑公牛	科尔沁公牛
测定次数	250	250	150	100	100	110	150
剪切值/千克	3.001	3.098	3.513	3.639	4.004	4.416	4.458

表6-5表明去势公牛育肥饲养后牛肉的嫩度（剪切值，以千克表示）都在优质牛肉的标准范围内（<3.62）；适时去势（8～10月龄）的公牛比晚去势（16～18月龄）牛好，更比公牛好得多，这就是公牛牛肉为什么达不到最好档次的根源。从牛肉品质考虑饲养户以饲养去势公牛较好。

四、公牛去势早晚对增重的影响

去势不仅对公牛增重的影响是肯定的，而且公牛去势时间的早晚也影响育肥期内的增重，影响程度的深浅更决定于操作人员操作水平的高低。据作者对8～10月龄（体重180～200千克）公牛去势后增重变化的观察，去势前平均日增重900克；去势后第1个10天平均日增重400多克；去势后第2个10天平均日增重700多克；去势后第28天时平均日增重恢复到900克。去势后28天架子牛增重18.2千克，比去势前少增重7千克，影响程度为27.8%。

另据对 16～18 月龄（体重 350～380 千克）架子牛去势后增重变化的观察，去势前平均日增重 1000 克；去势后第 1 个 10 天平均日增重 400 多克；去势后第 2 个 10 天平均日增重 500 多克；去势后第 3 个 10 天平均日增重 800 克；去势后第 39 天时平均日增重恢复到 1000 克。去势后 39 天架子牛增重 28 千克，比去势前少增重 9 千克，影响程度为 33.3%。

上述观察结果说明：①8～10 月龄公牛去势后恢复正常增重的时间比 16～18 月龄架子牛短 11 天；公牛去势后增重的影响程度较 16～18 月龄架子牛小 5.5 个百分点。因此育肥牛的去势时间应在 8～14 月龄进行。②从牛肉品质、增重速度、销售价格等因素对比，养殖户饲养早去势（阉割）公牛较饲养没有去势的公牛好。③只有阉割公牛才能提高高档牛肉生产比例。所以，建议农户饲养去势公牛或去势后育肥期超过 5 个月。

第二节　公牛去势技术在生产中的广泛应用

我国传统阉割公牛历史悠久，方法多样，效果各异。早在春秋战国时期，我国人民就开始使用了去势（阉割）技术，主要用于消除公畜（如猪和山羊等）肉品带有的强烈、难闻的气味，提高畜产品的质量；后来逐渐发展到马、牛，通过去势使家畜消除暴躁的性特征，并利用其巨大的挽力，服务于农业生产。

20 世纪 50 年代，由于中国的役用资源非常紧张，为了缓解农业生产带来的压力，全国自河南、安徽起，逐渐向周边地区扩散，将去势（阉割）公牛广泛地应用于农业生产，涉及品种达到 30 多个，其中秦川牛、鲁西牛、南阳牛、晋南牛、延边牛、郏县红牛、渤海黑牛、新疆褐牛、复州牛最为有名。

80 年代初，我国的农业生产发展到一个新的阶段，大规模的农业机器取代了传统的役用工具，牛基本上不再从事农耕生产；自此，牛的肉用功能开始显现。1996 年，随着"肥牛"系列产品的开发，人们逐渐发现，去势公牛经强度育肥后，以品质上乘、风味浓郁、多汁细嫩、蛋白含量低等特点，深受广大食客的喜爱。

随着社会经济的进步和人民生活水平的逐步提高，高档部位肉越来越受到人民的喜爱，而高档部位肉的生产几乎全部来源于去势公牛（怀孕母牛除外）。为此，一些大中型规模养殖场，尽可能地饲养去势后的、具有生产高档部位肉潜力的牛种；去势技术在肉牛养殖业中广泛使用。

现在，人们逐渐认识到去势在肉牛生产中的作用。一些农户为了追求优质肉牛高额的养殖利润，常常选购 2～4.5 岁的秦川牛、鲁西牛、南阳牛、晋南牛、延边牛、郏县红牛、渤海黑牛、新疆褐牛、复州牛等纯种肉牛作为肥育对象，继而扩展到这些品种的杂交体、蒙古牛系列去势品种。具体做法是：新引进的架子牛，经过 1～3 天的适应期后，将观察健康的牛只强行机械去势，经过一个月的调理（化学去势调理期延长 45 天），合理强度催肥 4 个月后，便可达到最佳的屠宰状态，生产出较为理想的高档牛肉。或采购怀孕 1～2 个月的淘汰母牛，强行催肥 3 个月，也同样取得了满意的效果。

第三节　生产中常使用的公牛去势方法

去势原本是指从雄性个体中摘除精巢之意，但实际也多包括雌性摘除卵巢，也有把两者合起来称为生殖腺摘除。除外科割除生殖腺外，局部进行放射线照射，化学处理也能进行去势。脊椎动物进行去势后，失去了性激素的分泌源，在其影响下，生殖器的附属器官、第二性征和第三性征退化。目前，公牛常用的去势方法有以下 6 种。

一、绳扎去势法

首先将家畜保定，确保睾丸在阴囊内，把橡皮筋或细麻绳紧箍于阴囊基部，使其血液不能通过睾丸组织，以阴囊皮肤肿得放亮为度，即可将橡皮筋或细麻绳解除，1 周后睾丸自行脱落，就可达到去势之目的。用此法去势，要求公牛年龄在 6 月龄以下。

绳扎去势法是一种不用刀、不出血、不分季节、不分年龄，仅用一根针线结扎精索，致使睾丸坏死、干固、脱实，达到去势目的的一种简便易行的去势手术。这种方法的优点是：方法简单，技术成分低，术后无感染，没有后遗症，更不需要特殊护理，一般工作者均可应用。

二、化学去势法

化学去势法是用一种或几种化学药物配制而成的药液，作用于睾丸、副睾或精索内，使其组织灼伤、萎缩，因而达到去势的目的。临床上常用的药物有 30％浓碘酊、10％福尔马林、20％浓鞣酸，以及高锰酸钾配制的注射液和无水氯化钙配制的注射液等，每侧睾丸分 2～3 点注射，每点注射 2 毫升。这种方法适用于肉牛集约化生产中使用。

1. 浓碘酒去势法

用药麻醉将公牛侧卧，或用二柱栏、四柱栏保定，并做好术部的清洗和消毒工作（并用 5％碘酊）。然后，术者左手固定两个睾丸，右手持注射器在每个睾丸上部，用 8 号或 9 号穿刺针头，沿睾丸中轴方向，向睾丸尾刺入，待接近睾丸尾白膜时，边推药边退针，使药液充分地浸润于睾丸实质中（睾丸头端必须有充分药液，以免再生，切忌把药液漏入白膜外；否则，应迅速用 0.3％硫代硫酸钠进行脱碘，否则易造成阴囊内发炎）。注射药量按睾丸中轴长度计算，全去势每厘米用药 2 毫升，半去势的每厘米用 1 毫升，2/3 去势其用药量为全去势的 2/3；一般注射后 2～5 天，公牛睾丸肿胀，食欲稍有减退，局部轻度发炎发热，个别牛行走时轻度跛脚（仍可群牧），此时应让牛多休息。3～6 天后，体温、食欲恢复正常，肿胀逐渐消退，再过 15～30 天，睾丸明显缩小，公牛性欲基本或全部消失。

2. 福尔马林去势法

将要去势的公牛保定，将睾丸推到阴囊的端部，用注射器抽取 6 毫升 10％福尔马林，在阴囊上滴 2 滴，进行注射部位消毒，之后针头插入一只睾丸内，旋转针头，把 2 毫升 10％福尔马林注射到睾丸，再以同样的方法对另一只睾丸进行注射。3 周后公畜就失去授精能力。

三、机械去势法

① 用无血去势钳（图 6-1）隔着阴囊皮肤夹住精索部用力合拢钳柄，听到类似腱被切断的音响，继续钳压 1 分钟，再缓慢张开钳嘴，在钳夹下方 2 厘米处再钳夹 1 次。同法夹断另一侧精索。术部

图 6-1　无血去势钳

图 6-2　耳夹子式木棒

皮肤涂碘酒消毒。

②用耳夹子式的两个木棒（图 6-2）夹住阴囊颈部，使一侧睾丸的阴囊壁紧张，阴囊底朝上，用棒锤对准睾丸猛力捶打，将睾丸实质击碎，然后用手掌反复挤压至呈粥状感即可。阴囊皮肤涂碘酒。

无血去势法去势后阴囊极度肿大，需每天早晚牵遛运动，经 1 个月左右，肿胀消失，睾丸萎缩。

四、勒善法

用一根长约 65 厘米的细麻绳，一端固定在脚踏棒上，另一端固定在手提棒上，即名为勒筋器。脚踏棒和手提棒长度为 20～25 厘米为佳（过长或过短则不利于手术操作）。先用勒筋器的绳索向阴囊颈部精索处缠绕一圈。然后术者两脚踏住脚踏棒，两手紧握手提棒，以一紧一松的方式连续向上拉动手提棒，大约持续 10 分钟左右，以精索被勒得接近断离即可。

操作时应掌握手提棒的力量，如用力过猛过强时，就会勒破阴囊皮肤，用力过小又不能达到去势之目的。此法只适用于犊牛的使用。

五、锤善法

用拧麻编个麻辫，缠绕阴囊颈部精索处 8 圈，地下垫放一个 15 厘米左右的木板，然后把缠绕麻辫的阴囊精索放在木板上，用锤子锤打 15 次，再将所锤的一面翻过去，将未锤的一面朝上，用同样的方法锤打 10 次，边锤边用手摸，如此反复 2～3 次，使精索和血管被锤成软绵状即可。此法只适用于犊牛。

六、手术法

术者左手握住阴囊颈部，将睾丸挤向阴囊底，使阴囊壁紧张。纵切法切开阴囊，适用于成牛，在阴囊缝际两侧各1～2厘米处做纵切口，挤出睾丸，分别结扎精索后切除。横切法切开阴囊，适用于6月龄以下的公牛。在阴囊底部，垂直阴囊缝际做一横切口，挤出两侧睾丸，结扎精索后切除。横断法切开阴囊方法是术者左手握住阴囊底部皮肤，右手持刀或剪刀切除阴囊底部皮肤约2～3厘米长，然后切开总鞘膜，挤出睾丸，分别结扎精索后切除。

以上6种公牛去势技术，锤善和勒善在临床上应用很少；其他4种方法广泛应用于各种规模的肉牛养殖场。其中，绳扎去势法、手术法年龄控制在6月龄以下的公牛；而化学去势法、机械去势法则选择4岁以下的健康公牛，对年龄较大的公牛一般不采取手术和绳扎去势，应以药物去势为主。

第四节　公牛去势中常见的并发症及治疗方法

一、阉割后出血不止

原因及症状：多发生于较大年龄的公牛，摘除睾丸时未结扎，或结扎不确定及滑脱；用去势钳摘除睾丸时钳压时间过短。可见血液呈线状不断经阴囊切口流出，血液呈鲜红色。

处理：将牛固定在栏内保定或横卧保定，用消毒过的手指伸入阴囊切口，沿腹股管寻找精索断端并拉出，拉不出时，另一手持止血钳夹住精索断端拉出，重新用丝线结扎并涂5％碘酊，阴囊腔撒布青霉素粉200万单位。蚊蝇多的季节，则撒布碘仿0.5克、淡火粉2克。

二、内出血

原因及症状：常因公牛挣扎拉断精索，且断裂部位退缩入腹腔并发生出血引起。患牛表现不安，皮温下降，心跳增加，战栗，眼结膜很快转为苍白，走路摇晃。

急救：公牛作横卧保定，沿腹股管寻找精索断端拉出结扎。找不到时，则沿此管方向切开腹壁，找到精索断端结扎，清除腹腔积血，注射青霉素400万单位、链霉素100万单位后缝合腹壁切口，而阴囊切口可不缝合，撒布青霉素粉。

术后：视出血情况及牛的病势、体质，静脉注射生理盐水或葡萄糖盐水1500～4000毫升以扩充血容量；出血严重病例最好输血，遇一时找不到自然血液输血时，可用血浆代用品如65%右旋糖酐，一次1500～2500毫升，隔8～10小时再输1次，并连用抗生素3天以防感染。

三、阴囊炎

原因及症状：多因术后牛卧地、水牛在水中经感染引起。常发生在术后一周。阴囊逐渐肿大，病初局部热痛，以后从阴囊伤口排出脓汁及小块坏死组织碎块。严重时两后肢步态不稳，体温升高至39.5～40℃。

预防：手术过程中尽量做到无菌操作，圈舍保持干燥卫生，水牛术后严禁沐浴，除阴囊撒布消炎粉外，术后还需连续注射抗生素2～3天，以防伤口感染化脓。

治疗：使用青霉素、普鲁卡因、自家血50毫升，每天阴囊颈部注射。每天用0.10%雷夫诺尔冲洗创口，除去脓汁、坏死组织。

四、阴囊硬肿

原因及症状：牛去势后，经伤口放线菌感染引起。阴囊呈弥漫性肿大，发硬，无热痛，从阴囊创口流出脓汁，有时可见混有硫黄样颗粒，经久治不愈合。

治疗：除伤口和阴囊腔作常规外科处理外，静脉注射卢戈液，治疗效果十分显著。每隔5天注射1次，1次阴囊即可变软，显著缩小，一般注射3次后，阴囊逐渐缩小，伤口愈合而康复。

五、伤口蝇蛆病

病因及临床表现：发生于蚊蝇多的季节去势后的牛。病原为白氏金蝇，产孵于伤口边缘或疮口上，经18～24小时孵化出幼虫。引起伤口化脓和坏死而恶化。除阴囊炎症状外，伤口边缘及创腔有蝇蛆。

预防：避免在夏秋蚊蝇活动频繁季节去势，如需去势最好用无血去势。做有血去势，起码伤口周围涂碘仿软膏等驱蝇剂。

治疗：用2%敌百虫或乙醚杀死创伤内的蝇蛆，再用消毒溶液冲出蛆、脓汁；以后按阴囊炎治疗即可。

第七章　专业养殖户和规模化养牛场牛棚舍的建设

（本章节重点了解专业养殖户和规模化养牛场牛棚舍的建设基本情况，也用图片的形式列举了几个较为规范的规模养殖场实例。在肉牛养殖场的实际建设过程中，必须依据本身的经济实力去规划设计。一般来说，短时间养牛棚舍设计本着简便、实用的原则，而专业养殖户和规模化养牛场牛棚舍的建设情况，必须科学、合理。）

专业养殖户和规模化（图7-1、图7-2）养牛场牛棚舍的建设的前提是：要有一定的发展资金，要考虑当地的自然条件是否适合发展专业养牛户和规模化养牛场，市场前景如何？肯定答案后，就应该考虑牛棚、牛舍的建设问题。

图7-1　规模化肉牛育肥场外景

图7-2　规模化肉牛育肥场牛舍

第一节　肉牛场址的选择

① 牛场应建在地势高燥、背风向阳、采光充足、排水良好、场地水源充足的下风口地方，并远离村庄、学校、水源、河道、支流、公路、机场、牲畜交易市场、其他畜种养殖场、屠宰场等地

500 米以上，牛场的周围应设绿化隔离带。

② 牛场要有长远的规划和安排。为适应规模化、产业化养牛的需要，场址选择上要有发展的余地。一般牛场建筑布局如图 7-3 所示。

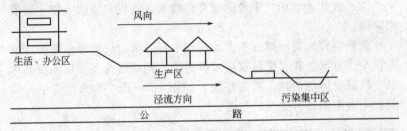

图 7-3　一般牛场建筑布局

第二节　肉牛规模养殖场的规划与布局

一般牛场的主要建筑物有：牛舍、舍外运动场、饲料加工车间和饲料库、草垛、青贮池（窖）、水塔、兽医室、堆粪场、车库、行政管理区和生活区等，如图 7-4 所示。

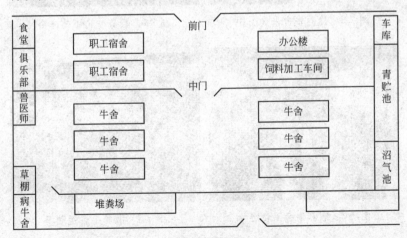

图 7-4　现代化肉牛育肥场示意

（1）牛舍　分健康牛舍和病牛舍。目前，我国肉牛养殖场只有育肥牛舍一种形式。如果是自繁自养式的牛场，还应包括犊牛舍、育成牛舍、成牛母牛舍及产房等。

牛舍应建造在场内生产区的中心，以便于饲养管理。当修建数栋牛舍时，应坐北朝南，采取长轴平行配置方式，以利于采光、防风、保温。

（2）舍外运动场　牛舍前应有动物场，内设自动饮水槽、饲槽和凉棚。

散养牛育肥时一般每头占地面积 7 平方米，成年母牛每头占地面积 9 平方米。在育肥后期应减少运动，饲喂后拴系在运动场上休息，以减少体能消耗，提高增重。如图 7-5～图 7-8 为拴养牛舍和散养牛舍牛的各种生活状态图。

图 7-5　拴养牛舍采食图片

图 7-6　拴养牛舍下槽沐浴

图 7-7　散养牛舍采食图片

图 7-8　散养牛舍运动场

（3）饲料加工车间和饲料库　饲料加工车间设在牛舍附近，以便于运输。饲料库应尽可能靠近饲料加工车间，以利于饲料装卸，青贮池设在距饲料加工车间 50 米以内。如图 7-9、图 7-10 所示。

图 7-9　饲料加工车间与育肥区　　　图 7-10　青贮池与饲料加工区

（4）青贮池　青贮池的建设有地上、地下和半地下三种，结构分为永久性和临时性青贮池，原则上地下青贮池地下部分不超过 3 米，地上部分不超过 1.5 米，成长方形，长度不等，底部为缓坡，便于机械压实和取草用。容积大小可根据饲养规模而定，一般每头牛饲养周期 150 天，需用青贮秸秆 5.0 立方米，约 3000 千克。如图 7-11、图 7-12 所示。

图 7-11　年出栏 800 头肉牛的青贮池　　图 7-12　在肉牛场附近的青贮池

（5）兽医室、病牛舍、贮粪场　应设在牛舍下风向的地势低洼处，兽医室和病牛舍建在牛舍下风处的偏僻处，要求与牛舍相距至少 100 米以上，以防止疫病的传播。兽医室需配备一定水平的技术人员和医疗器具药品，用于牛场的日常疾病治疗和兽医卫生监督。

（6）行政管理区和职工生活区　行政管理区和职工生活区应设在上风向，靠近牛场大门口处，便于生产管理和防止病原菌传播等。如图 7-13、图 7-14 所示。

牛场的附属设施介绍如下，个别设施如图 7-15、图 7-16 所示。

图 7-13 肉牛规模养殖场的办公区

图 7-14 办公区与牛场的 20 米距离

图 7-15 牛舍内的食槽和水槽

图 7-16 散养圈舍门的设计

（1）食槽 为混凝土或钢结构，高 0.6 米，宽 0.45 米，每头牛确保 1.1 米的食槽。

（2）水槽 一般规模养殖场与食槽同用，也可使用自动饮水器或用装有水龙头的水槽。

（3）遮荫棚 可在牛舍的西、南侧及沿围栏种植遮荫树木，或搭凉棚防日射病或热射病。

（4）更衣室 工作人员出入场消毒用。更衣室设在办公区。

（5）牛舍门 为了便于牛进出栏，常在圈舍比较宽松的地方留有便门，一般宽 1 米左右。

第三节 肉牛牛舍的建筑要求

牛场内的各种建筑物的布局应本着因地制宜和科学饲养管理的原则，既保证肉牛的生理特点和生长发育，有利于提高劳动效率，又要合理利用土地资源，节约基本建设投资。

1. 牛舍的类型有舍饲式育肥场、半舍饲育肥场和露天式育肥场

（1）新型棚舍 牛舍呈南北走向，便于冬季保暖，夏季防暑。牛舍宽 10 米，中间饲料道 1.5 米，两边是清粪道 1.5 米。饲料从北面运入，粪可自粪道运向粪场，即饲料道与粪道不交叉，以防止饲料污染，保持清洁卫生。棚舍两侧是拴牛墙，牛下槽后可直接牵到后面拴牛。如图 7-17、图 7-18 为一地两用牛舍。

图 7-17　冬季用塑料膜封棚后　　　图 7-18　夏季拆除塑料膜后
　　　　　的拴养牛舍　　　　　　　　　　　的拴养牛舍

冬季：棚顶下四周用塑料膜围 0.7 厘米，往下 1.8 米用帆布围起。白天在牵牛时卷起帆布，并清粪。0.7 米高的塑料薄膜既挡风又便于透过阳光。这样可提高棚舍内温度 10～15℃，这对保证育肥牛冬季增重十分重要。

顶为层叠式结构，留一条 8 厘米的缝，便于通风换气，这在夏季特别重要，在阳光照射下，棚舍气温升高，热空气自该缝流出，冷空气不断被充入，形成对流，可有效降低棚下气温。除以上新型牛舍外，常见的肉牛舍建筑形式有单坡式和双坡式两种，如图 7-19、图 7-20 所示。

（2）露天式育肥场 露天式育肥场一般为资金储备少，或临时性短期育肥的一种方式，以散养为主，养殖季节性强，如图 7-21、图 7-22 所示。一般设计按每头牛占地 8～9 平方米计算，内设有料槽、运动场，夏天设遮荫棚，主要适用于 3～11 月的肉牛饲养；条件不好的养殖户在冬季里也有零星使用，但应注意防雪、防冻。

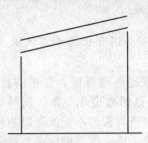

图 7-19　单坡式牛棚

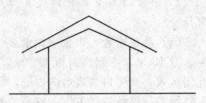

图 7-20　双坡式牛棚

图 7-21　露天式散养育肥场

图 7-22　露天式拴养育肥场

（3）半舍饲育肥场　半舍饲育肥场（图 7-23）适合于资金中等，或短期育肥的一种方式，以散养为主，拴养情况较少。一般散养牛舍按每头牛占地 7～8 平方米计算，拴养牛舍按每头牛占地 4.0～4.5 平方米计算；外设运动场、料槽、水槽、栏墙。

2. 牛舍的要求

牛舍的建造应符合卫生要求，具有良好的清粪和排尿系统，冬暖夏凉，牛舍的温度、湿度、气流和光照都应满足牛的不同饲养阶段的需求，以降低牛群发生疾病的机会。肉牛散养户在搭建牛舍时本着简单、便用的原则，冬季能够防寒，夏季能够避暑。如图 7-24 所示为临时性舍饲育肥场，图 7-25 所示为简易夏季防暑降温牛舍。

肉牛场的大小要根据饲养方式确定。散养牛场每头占地 7～9 平方米，以保证有充足的运动；牛舍的面积一般约占场地总面积的 20%。拴养牛场每头占地 4.5 平方米，牛舍的面积一般约占场地总

图 7-23　简易半舍饲育肥场　　　　图 7-24　临时性舍饲育肥场

面积的 30%～35%。具体要求介绍如下。

（1）舍顶　要求选用隔热保温性好的材料，要有一定的厚度，结构简单、经久耐用（图 7-26）。目前，大部分规模养殖场使用的隔热保温材料厚度为 10 厘米，支架为钢梁结构；为了便于采光，部分牛场在顶部不间断地使用采光板。

图 7-25　简易夏季防暑　　　　　图 7-26　新型牛舍的双层
　　降温牛舍　　　　　　　　　　保温彩钢结构

（2）地面　地面可采用砖或水泥地面，拴养牛舍有单侧和双侧两种，牛床的长度 2.5 米左右，宽 1.1 米，前高后低，坡度为 1.5%，中间为饲料通道，宽在 1.3～1.5 米之间，饲料槽宽 0.6 米。散养牛舍一般宽 10 米，分左右两列，牛床的长度 4 米，余下的为运动场，饲料通道 1.5 米，饲料槽宽 0.6 米。

（3）侧壁　目前，我国牛舍侧壁建设种类较多，但总体来说可分为暖棚和冷棚两种情况。

① 暖棚。是指在冬季能够保温取暖的圈舍（图 7-27）。侧壁建设有砖混结构和空放冬季薄膜封闭两种方式。前者经济投资大，适

图 7-27　两用牛舍冬季取暖　　　图 7-28　两用牛舍夏季乘凉

用于中等规模以上永久性养殖建设；后者经济投入小，能短时间内进行企业经济转型。

②冷棚。有棚式和露天式两种。棚式有用于遮光、防雨的舍顶，冬季可以利用薄膜封闭保温转化为暖棚，使用效果灵活。露天式牛舍侧壁的建设比较随便，大部分圈舍是用于比较简单的临时性和季节性养殖，有的利用木棍或钢架固定设置圈舍，有的使用砖混结构，经济投入少，是我国阶段性养殖广泛使用的建筑形式之一（图 7-28～图 7-31）。

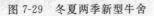

图 7-29　冬夏两季新型牛舍　　　图 7-30　夏天新型全开放牛舍

（4）饲槽　饲槽设在牛舍前面，要求高出地面 50 厘米，槽上口宽 55～60 厘米，槽底宽 35～40 厘米，槽内缘高 30～35 厘米，槽外缘高 70～80 厘米。

（5）门窗　向阳面窗较多（1 米×1.2 米），背阳面窗较少（0.8 米×1.0 米），窗台高出地面 1.3 米，窗的面积与牛舍的占地面积比例为（1∶10）～（1∶15）。

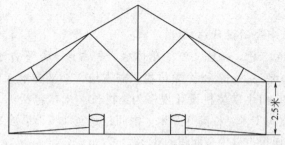

图 7-31　新型牛舍剖面示意

（6）粪尿沟和污水池　粪尿沟应不渗漏，表面光滑。一般宽28～30厘米，坡度为3～5度，直通舍外污水池。污水池距离牛舍6～8米，容积根据牛的数量而定。

（7）运动场　运动场应设在阳光充足的地方，每头牛占地面积不超过5平方米。高标准的现代化肉牛养殖场，一般都采取拴养方式，以减少肉牛运动，增加脂肪沉积速度。如图7-32、图7-33所示。

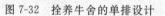

图 7-32　拴养牛舍的单排设计

图 7-33　散养牛舍运动场

第四节　300头肉牛规模养殖场建设测算

要建设年出栏300头肉牛的饲养场，既要考虑用地、标准化水平，又要考虑经济实惠。所以，必须根据饲养牛体的大小、生产生活习性来设计、规划。

一、牛场布局的设计

建设一个年出栏300头肉牛的养殖场，需要筹建肉牛栏位150个，才能完成年出栏300头肉牛的任务。共需2400平方米，即：

长 80 米，宽 30 米。

1. 肉牛舍的设计结构

肉牛舍 2 栋，一栋 100 个单体栏，需占地 570 平方米（长 57 米，宽 10 米）；一栋 52 个单体栏，需占地 320 平方米（长 32 米，宽 10 米）。肉牛单体栏设计规格为：栏长 4 米（包括 1.5 米清粪道），栏宽 1.1 米，栏高 0.8 米；中间过道宽 1.5 米，全部肉牛育肥舍床位面积占总牛舍面积的 37%。

2. 青贮池的设计结构

按 300 头肉牛育肥 5 个月计算，需占地 291.6 平方米，青贮秸秆 1312 立方米。单个青贮池设计规格为：池长 32.4 米，池宽 9 米，池高 4.5 米。全部青贮池面积占总牛场面积的 5.5%。

3. 饲料间、办公室的设计结构

按 8 间计算，需占地 120 平方米（长 20 米，宽 6 米），全部面积占总牛舍面积的 5%。

4. 化粪池和消毒池设计

化粪池 110 平方米（11 米 × 10 米），消毒池 40 平方米（2 个 × 5 米 × 4 米）。全部面积占总牛舍面积的 6.2%。

综上所述：该牛场牛舍、各种设施建设总面积为 1451.6 平方米，占牛场总面积的 60.5%。利用率超过 50%，属于合理范围。

二、牛场资金投入的计算

1. 工程建设主要内容

① 新建育肥牛舍 2 栋共 890 平方米。

② 新建青贮池 1 个，每个 1312 立方米。

③ 办公用房 120 平方米，道路硬化 500 平方米。

④ 化粪池 1 个，（11 × 10 × 0.3）＝33（立方米）。

2. 概算总投资

总投资 40 万元。全部用于建筑安装工程。

3. 建筑安装工程总指标

具体见表7-1。

表7-1 建设安装工程总指标

序号	名称	投资概算/万元	建筑面积(面积、体积)	数量	存栏数量	日处理粪便量
1	牛舍	24	890平方米	2	150头	
2	青贮池	5	1312平方米	2		
3	办公用房	8	120平方米	8		
4	道路硬化	2.5	500平方米			
5	化粪池	0.5	33平方米	1		0.1吨
合计		40				

4. 土建和水电材料使用情况

见表7-2。

表7-2 土建和水电材料使用情况

材料名称	规格	数量	单位	单价/元	总概算/万元
水泥	325	100	吨	300	3.0
沙		400	立方米	100	4.0
钢筋	圆钢、方钢、角钢	20	吨	5000	10.0
砖		30	万	0.3	9.0
土		500	方	20	1.0
彩钢板		1500	平方米	600	9.0
木材		10	立方米	1000	1.0
建筑工程款					3.0
合计					40.0

三、牛场人员使用安排

牛场人员安排是由肉牛的饲养数量决定的。一般来说，每30～35头肉牛需用1个劳动力，就能完成采购、饲草饲料加工、饲养管理等方面的工作。所以，一个存栏150头肉牛的规模饲养场，共需要 4 个劳动力。

四、300 头小规模养殖场的主要设备要求

一个完整的小规模肉牛养殖场，必须配备必要的生产设备，如库房、饲料加工机组、配水配电系统和消毒设备等（图 7-34～图 7-38），以保证牛场的正常生产运作。图 7-39 示意了夏季肉牛养殖场良好的通风条件。如图 7-40 为年出栏 300 头肉牛规模养殖场布局。

图 7-34　肉牛养殖场饲料加工机组

图 7-35　肉牛养殖场原料库房

图 7-36　肉牛养殖场消毒设备

图 7-37　肉牛养殖场的给水系统

图 7-38　肉牛养殖场的电力设备

图 7-39　夏季肉牛养殖场良好的通风条件

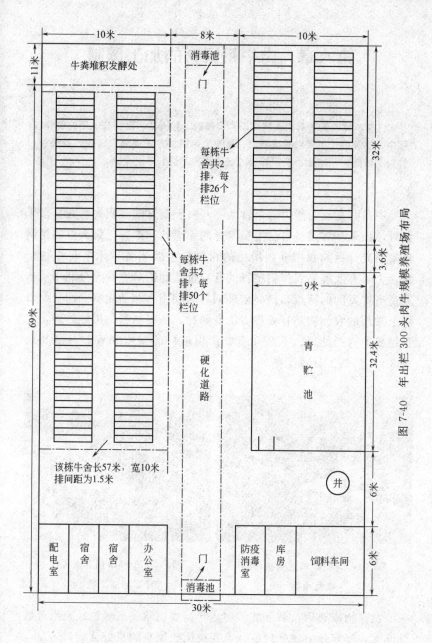

图 7-40 年出栏 300 头肉牛规模养殖场布局

第八章 肉牛粗饲料的加工调制

（在本章，要了解粗饲料加工和调制的几种方法。我国在长期的饲养过程中，逐渐形成了使用简单微贮、青贮的习惯，方法简单，饲喂效果极佳；特别是青贮饲料使用，使粗饲料的吸收利用率达到了一个新水平。）

　　牛是具有反刍能力的草食动物，由于瘤胃的容积大，在日常采食时，除采食够维持自己生长发育的需求外，瘤胃仍需大量的粗饲料来添充，目前我国养牛所用的粗饲料主要为各种禾本科作物秸秆。为了有效提高农作物秸秆的营养价值和适口性，充分利用反刍家畜瘤胃发酵的特点，提高秸秆饲料的利用率和消化率。而目前市场上常用的农作物秸秆处理方法有两种，一是秸秆的微贮处理，二是秸秆的青贮处理。下面介绍农作物秸秆的微贮和青贮（图8-1、图8-2）的加工处理工序。

　　图8-1　青贮原料玉米秸秆的　　　　图8-2　小型半地下永久性
　　　　　　收购现场　　　　　　　　　　　　青贮池加工现场

　　农作物成熟后，剩下的植物茎叶，如稻草、玉米秸、麦秸等数量巨大，经有效方法处理后，可变成反刍家畜的良好食物。

第一节　秸秆微贮饲料制作技术

　　传统的秸秆微贮饲料制作技术主要包括菌种复活、秸秆加工、建窖、压实、封窖、品质鉴定、取用等技术内容和要求，适用于利用干秸秆、半干秸秆制作微贮饲料。目前，生产中的秸秆微贮常常不使用菌种复活技术，而是直接将成熟后农作物果实收获，使用晒干的秸秆直接粉碎，存放到干燥、避光的储藏室存放即可。而利用秸秆发酵活干菌的制作技术对秸秆微贮饲料进行加工处理的农户逐渐减少。

　　秸秆微贮饲料是部分散养户在肉牛生产中使用的粗纤维饲料（图8-3）。规模养殖场在实际肉牛生产中常常使用青贮饲料或添加部分干秸秆饲料（图8-4）来维持动物的日常营养需求。

图8-3　肉牛生产中的粗纤维原料　　　　图8-4　加入精饲料后的粗纤维饲料

　　所以，在未来肉牛产业的发展过程中，青贮饲料和干秸秆饲料是主要饲料原料。

第二节　秸秆的青贮处理技术

一、青贮饲料的开发利用

　　青贮饲料一进入市场，就以它的青绿多汁、适口性好、维生素含量丰富、有酸香味、质地柔软以及易消化等特点，深受广大养殖户的欢迎，目前，我国大部分规模养殖场都使用了青贮秸秆，饲用效果较理想，表8-1所列为同等年龄精饲料添加数量相同，平均体重相近的不同牛只的饲喂情况。

表 8-1　体重相近的不同牛只的饲喂情况

品种	数量/头	育肥前体重/千克	饲草类型	饲喂天数	120 天后平均体重/千克	平均日增重/千克
蒙杂牛	20	350	青贮	120	558	1.74
蒙杂牛	20	352	干秸秆	120	515.2	1.36
秦川牛	20	450	青贮	150	651	1.34
秦川牛	20	453	干秸秆	150	627	1.16
西门塔尔牛	20	300	青贮	150	532.5	1.55
西门塔尔牛	20	307	干秸秆	150	499	1.28

上述表明，利用青贮秸秆（图 8-5）饲喂牛，有明显的促生长作用，并可以节省 10% 的蛋白质饲料，机体的抗疾病能力明显提高。

图 8-5　玉米秸秆收购现场

图 8-6　大型半地下简易青贮池加工现场

图 8-7　大型半地下永久
青贮池加工现场

图 8-8　大型半地下简易
青贮池青贮压实

二、青贮原理和青贮池的设计类型

1. 青贮原理

青贮是以乳酸菌发酵为主的复杂微生物生化变化过程。其关键在于乳酸发酵和程度。正常青贮时，各类乳酸菌在含有适量水分、碳水化合物及缺氧的环境下，快速繁殖，可生成大量乳酸，少量醋酸、丙酸等。乳酸的大量形成，既为乳酸菌本身生长创造了条件，又促使在酸性环境中不能繁殖其他微生物并使其死亡。当酸度值降到 4.2 以下，乳酸菌自身也受到抑制而停止活动，此时青贮发酵完成，乳酸含量可达青贮饲料重的 1.2%～2%。

2. 青贮池的设计类型

目前我国青贮池的建设主要有两种形式，即永久性青贮池、临时性青贮池（图 8-6～图 8-8）。无论采用哪种形式青贮，青贮场所都应选择在土质坚硬、地下水位低、不易积水、远离畜舍、运贮方便的地方。二是准备铡草机和运输车。

（1）永久性青贮池 这套设施费时、费工，造价高，但仍提倡有条件的养殖户建设永久性青贮池。目前，永久性青贮池建设有两种方式，一种是地上永久性青贮池（图 8-9～图 8-11）建设；一种是半地下永久性青贮池（图 8-12）建设。

图 8-9 地上永久性青贮池

图 8-10 加工好的地上永久性青贮池

地上永久性青贮池一般高 2.2 米，它的建设基本上没有改变土地原有的结构，稍加整理，就能完成农业结构的转化，是未来的发展方向。半地上永久性青贮池建设，是指将事先设计好的窖或壕，用砖、水泥、沙石等将窖底及壁砌好，表面抹水泥。半地下永久性青贮池建设，要求一侧预留斜坡，便于拖拉机等出入；一般深度为地下 2.0～2.5 米左右，地上 1～1.5 米，在窖底建一集水坑，底面向进料口方向倾斜，以便于水流入水坑。

（2）临时性青贮池 也包括简易型青贮池。它分地上青贮池、

图 8-11　加工好的小型
地上永久性青贮池

图 8-12　半地下永久
性青贮池

地下青贮池和塑料袋青贮三种形式。地上青贮池可直接将秸秆铡碎，之后用塑料膜包装、压实。这种青贮方式省时、省工、省力，造价低，是部分散养户使用的方法之一，如图 8-13、图 8-14 所示。地下青贮池一般不用建筑材料，由挖好的土窖或壕构成，青贮窖的高度一般在 2.5 米左右；将窖底和壁踏实，然后用 0.8～1.0 毫米聚乙烯等无毒塑料膜覆盖窖底和壁，准备好青贮原料，就可以进行青贮工作了，如图 8-15～图 8-18 所示。

图 8-13　地上简易青贮池制作现场　　图 8-14　完成后的地上简易青贮池

　　塑料袋青贮：这种青贮方式简单方便，设备费用低，适合散养户使用。塑料袋可选用抗热、不硬化、有弹性、经久耐用的无毒塑料膜制作。袋子的大小可根据养牛数量的多少确定，但不宜过大，一般每袋装 250～500 千克为宜。

　　3. 青贮池的大小和形状

　　青贮池的大小应根据青贮用量而定，青贮饲料的容积一般每立

图 8-15　地下简易青贮池土窖

图 8-16　地下简易青贮池制作现场　　图 8-17　加工好的地下简易青贮池

图 8-18　小型半地下简易青贮池制作现场

方米 550～750 千克；形状可根据总需求量的大小分别建设为圆形窖或长方形窖。为了方便制作，宽度略大于拖拉机等压实工具的宽度，长度可根据总需求而设定。

三、青贮饲料调制要点

青贮是一项突击性工作，事先要把窖、铡草机和运输车准备好，并准备充足的人员，以便在尽可能短的时间内突击完成作业（1～3 天）。青贮操作必须做到：随割、随运、随切、随装、随踩、随封，连续进行，一次完成，并注意原料要切碎、装填要结实、窖顶要封严。

（1）青贮原料 青贮原料应干净，无霉变，无根茬，无泥土，无杂物。我国目前所使用的青贮原料主要为玉米秸秆（图 8-19），一般选用玉米收获后（腊熟期，图 8-20）剩下的茎、叶，在保持新鲜青绿的情况下（以水分含量 60％～70％为最佳），随割随运，随来随铡。

图 8-19　带穗玉米最佳青贮期　　　图 8-20　处在腊熟期的玉米秸秆

（2）青贮原料的切碎 青贮原料的切碎程度按饲喂家畜的种类和原料的不同质地来确定，一般铡切长度为 2～5 厘米。

（3）青贮原料的快装和压实 一般来说，要在最短时间内将青贮池装满压实，通常应在 24 小时内完成作业，保持底层已发酵的秸秆距离表面要大于 30 厘米。装填时，为了能使切碎的原料及时装入青贮池内，切碎机要放置在青贮池附近，切碎的原料直接入池以避免曝晒。装入的原料要随时耙平混匀，随填随压，充分压实，特别是靠近壁和角的地方不能留有空隙。小型青贮池可由人力踩踏压实，大型青贮窖宜用轮式或履带式拖拉机压实，但要注意，装填过程中不应有雨水灌入，遇雨天应将青贮池用塑料膜封严。不能带进泥土、油垢、碎金属、塑料膜等，机器压不到的边角仍需人力踩踏。

（4）青贮池的密封和覆盖　先在压实的原料上盖一层细软的玉米叶或青草，再覆盖一层塑料薄膜，并用泥土堆压在靠青贮池侧或壕壁处，然后用塑料膜封严，也可以在塑料膜上盖一层苇席、草帘等物，再盖10～20厘米土层。每天检查盖土的状况，及时将盖土与原料一同下沉时形成的裂缝和孔隙用湿土抹好。窖顶的泥土必须高出青贮池边缘，以免雨水流入。

四、青贮饲料的品质鉴定

用玉米等含糖多、易青贮的原料经3～4周可制成青贮饲料，不易青贮的植物原料，须经2～3个月才能制成青贮饲料。饲用前或使用中要对青贮饲料进行品质鉴定。在实践中，多从青贮设施中各个层面均匀取样，以感官鉴定方法来鉴别青贮饲料品质。品质良好的青贮料具有酸香味，略有醇酒味，是青绿色或黄绿色，拿到手中很松散，质地柔软，植物茎、叶分辨明显略带湿润；品质中等的青贮料香味极淡或没有，具有强烈的醋酸味，是黄褐色或暗绿色，较干燥粗硬；品质低劣的青贮料具有特殊臭味，腐烂发霉，呈暗色、褐色、墨绿色，已黏霉烂的，不能用来饲喂家畜。

五、青贮的利用

青贮开窖一般在40天左右。开窖后，应注意青贮料的取用和保管，随取随用，防止氧化变质。取完青贮料后，应立即将青贮窖封闭起来。

青贮料是一种良好的多汁饲料，经过一段时间适应后，几乎所有的家畜都喜欢食用。各种家畜饲喂青贮料的数量，是根据品种、青贮的种类和品质决定的，品质好的可多喂，但不可能代替全部饲料。一般来讲，成年母牛每天青贮秸秆采食量为18～22千克，成年肉牛每天青贮秸秆的采食量为16～20千克。

饲喂青贮饲料的草食动物，不但生长速度快，抗病能力也明显增强，且消化率提高了24.14％，节省了大量的精饲料。畜体屠宰后，肌肉多汁、鲜嫩，肉体颜色好，芳香味浓，且易出现大理石状花纹的高档肉。

六、青贮饲料的优点

（1）青贮饲料有效地保存了青绿植物中的营养成分　一般青绿

植物在成熟和晒干之后，营养价值降低约 30%～50%，青贮后仅降低 3%～10%，并可以有效地保护青绿植物中的维生素和蛋白质；青贮秸秆的蛋白质含量一般为 7.7%，干秸秆的蛋白质含量一般为 1.8%。如新鲜的甘薯藤，每千克干物质中含有 158 毫克胡萝卜素，青贮后经 8 个月，仍可保留 90 毫克，但晒干后则只剩下 2.5 毫克，损失率达 98% 以上。

青绿饲料在成熟和晒干过程中，不但营养价值损失较多，而且纤维素增加，质地粗硬，不利于家畜的饲喂。秸秆青贮后产生大量的乳酸、微生物菌体蛋白，这些都是畜禽必需的营养物质。

（2）提高了饲料的适口性　青贮饲料可以很好地保持饲料青绿时期的鲜嫩汁液。一般干草汁液含量只有 14%～17%，而青贮饲料的含汁量竟可达 60%～70%，既可以保持饲料的原有品质，又可以产生酸、甜、酒曲香味及特殊的清香味等，适口性较好，消化吸收率高。而有些质地粗硬的粗饲料，家畜一般不爱吃，但经过青贮发酵处理后，质地柔软，且具有香酸味，适口性大为提高。

（3）可以扩大饲料的来源　畜禽不喜欢采食或者不能采食的野草、野菜、树叶等无毒青绿植物，经过青贮发酵，可以变成畜禽喜爱的饲料，如菊芋、蒿草、稻草等；有的在新鲜时有臭味，有的质地较硬，一般的家畜多不喜欢采食它们或利用率很低，如果把它们调制成青贮饲料，不仅可以改变口味，而且可以软化秸秆，增加可食部位的数量。再如甘薯藤、花生秧等，新鲜时藤蔓上叶子的养分比茎秆的养分高 1～2 倍，但调制干草的过程中叶子容易脱落，而制成青贮饲料，这些富有营养的叶子就能全部保存下来，从而保证了饲料的质量。

（4）可以消灭害虫、病菌和杂草　很多危害农作物的害虫，多寄生在收割后的秸秆上越冬，由于秸秆铡碎并青贮，青贮的窖中缺乏氧气，而且酸度高，就可以将许多害虫的幼虫杀死；青贮所产生的乳酸能有效地杀死青绿植物中的病菌和寄生虫卵，减少对畜禽生长发育的危害，减低杂草发芽的机会和能力。

（5）能为寒冷地区的家畜提供青绿多汁的饲料　青贮能为寒冷地区的家畜在冬春季缺乏青绿植物时，提供青绿多汁的饲料，从而使家畜保持高水平的营养状态。

（6）青贮饲料是保存饲料的经济而安全的方法　青贮饲料比贮

藏干草需要用的面积小，且可以长期保存。一般每立方米的干草垛只能垛 70 千克左右的干草，而 1 立方米的青贮窖能贮藏青贮饲料 550～750 千克。

第三节 玉米秸秆的新型储备技术

随着人民生活水平的提高，膳食结构发生了根本性的变化，对奶、肉、蛋的需求也逐渐增加，"民以食为天，食以奶为先"已成为科学的、时尚的话语，畜牧产业进入了一个全新的发展阶段。这就需要有一个丰富的饲料资源。我国人均土地占有量较少，生产的各种农作物秸秆只有 30％用作饲料，而其余的并没有充分利用。如何保护巨大的饲料资源，解决因雪灾造成的粗饲料短缺，已成为摆在人们面前的主要问题。面对规模化、集约化养殖的粗饲料供应，再采取原始的、作坊化的储存方式已不可能，一种新的秸秆保存、加工高密度秸秆压缩饲料技术逐渐推向市场——农作物秸秆颗粒饲料。这种压缩饲料，不但营养水平有所提高，便于储运，还有不易燃烧、长期保存不变质，并保持了反刍动物对粗纤维的需求，由生变熟，具有糊香味，饲喂方便，采食率 100％，利于消化吸收。同常规秸秆相比，肉牛增重率提高 15％，奶牛产奶率提高 16.4％，乳脂率提高 0.2％。所以，开发农作物秸秆压块技术，对保护巨大的粗饲料资源，解决山区、草原因季节变化引发的粗饲料短缺意义重大。如图 8-21～图 8-24 为高密度秸秆压缩机组和秸秆颗粒图片。

图 8-21 玉米秸秆颗粒加工机组

图 8-22 大颗粒玉米秸秆加工

图 8-23　玉米秸秆颗粒　　　图 8-24　肉牛采食大颗粒秸秆饲料

第九章　肉牛的营养需求及日粮配制

(本章节详细地介绍了精饲料日粮配制的一些方法，这些方法告诉我们：日粮配制要根据现有的条件，就近取材，有什么，用什么，按能量分配的原则合理配制日粮。)

营养需求是指每头动物每天对能量、蛋白质、矿物质及维生素等养分的需用量，它因动物的种类、年龄、性别、生理状态、生产目的及生产性能的不同而不同。畜牧工作者为了使家畜达到最佳的生产效率，经过多次实践和研究，对不同种类、年龄、性别、体重、生理状况、生产目的的家畜都制定了饲养标准，它是养殖专业户、饲养场在生产上为家畜加工配合饲料、搭配饲料提供营养日粮的行动指南。

第一节　肉牛饲料原料的营养成分与种类

饲料是肉牛赖以生存和生产的物质基础，肉牛必须不断地从外界获取营养物质，补充热能，才能维持正常的生命活动，并为人类生产肉、骨、皮及毛等畜产品。牛的饲料按其中所含成分可分为能量饲料、蛋白质饲料、粗饲料、矿物质和维生素添加剂等。

一、饲料中各种营养成分及作用

1. 能量饲料

凡干物质中粗纤维含量在 18% 以下，粗蛋白含量在 20% 以下，每千克含消化能 10.46 兆焦以上的饲料均称为能量饲料。能量饲料是牛日粮中所占比重最大的一类原料，它包括：谷实类、糠麸类、块根块茎类、瓜果类和油脂等，而牛主要使用谷物和糠麸类饲料。能量饲料是牛维持生命活动、促进生长发育和繁殖的基本需要，牛能量饲料供给的多少，对牛生产水平的发挥具有很重要的意义。

能量饲料过多，会使牛皮下和肌间脂肪增多，高档肉出成率增高，育肥时间缩短，屠宰率、出肉率增加。如果供给不足，则可使牛体过度消瘦，屠宰率、出肉率下降，育肥时间延长。

2. 蛋白质饲料

凡干物质中粗纤维含量在 18% 以下，粗蛋白含量在 20% 以上的饲料均称为蛋白饲料。这类饲料粗纤维含量低，可消化养分多，是配合饲料的基本成分。蛋白质饲料可分为植物性蛋白饲料、动物性蛋白饲料和单细胞蛋白饲料。它包括：饼（粕）类、动物副产品和某些单细胞生物制品。

蛋白质饲料除了是牛有机体的重要组成成分外，在碳水化合物和脂肪缺乏时，蛋白质通过转化，可代替碳水化合物和脂肪，起到与碳水化合物和脂肪相同的作用。但是，碳水化合物和脂肪却不能代替蛋白质的功能。因此，蛋白质是最重要的营养物质之一，也是牛饲料中较易缺乏的营养物质。所以，供给牛较为充足的蛋白质饲料，对于保证牛快速生长有着十分重要的意义。

3. 氨基酸

氨基酸是含有氨基的有机酸，是蛋白质的基本组成成分。氨基酸按对牛的营养需求，可分为必需氨基酸和非必需氨基酸。所谓必需氨基酸是指在牛体内不能合成，或能合成而合成的速度及数量不能满足牛正常生长和生产的需要，必须由饲料中提供。而非必需氨基酸是指在牛体内合成较多，不需要由饲料中提供也能保证牛正常生长和生产的需要。牛属于反刍家畜，能够通过反刍从饲料中获取大部分氨基酸，所以，牛在维持正常的生长发育过程中，基本上不需要在牛的饲粮中添加必需氨基酸。

4. 无机盐

无机盐是指饲料中的干物质，经过充分燃烧后，剩余的无机物。它包括常量元素和微量元素。常使用的常量元素有钙、磷、钾、钠、硫、氯和镁等，而牛可以通过反刍从饲料中获取足够的常量元素和微量元素，因此，牛不需要在饲料中补充无机盐。

5. 维生素

维生素是指动物生长、繁殖、健康和维持所必需，体内又不能合成或合成量不能满足动物需要，而必须从饲料中获取的一类微量有机化合物。维生素作为某些酶的组成成分，或直接参与酶的活动，对机体的代谢起调节作用。现已发现的维生素有40余种，一般分为脂溶性维生素和水溶性维生素两大类。

（1）脂溶性维生素　包括维生素A、维生素D、维生素E、维生素K等。这类维生素只能溶解于脂肪中，不溶于水，并能在体内储存。因此，它的存在和呼吸都与脂肪有关。

（2）水溶性维生素　包括维生素 B_1（硫胺素）、维生素 B_2（核黄素）、泛酸、胆碱、烟酸、维生素 B_6、维生素 B_{12}、生物素、叶酸、维生素C等。水溶性维生素很少或几乎不在体内储存。而植物秸秆中含有丰富的维生素，牛通过反刍很容易达到代谢平衡。

6. 粗纤维

牛是反刍家畜，瘤胃中含有大量的微生物，通过微生物的作用，将植物秸秆中的纤维素和半纤维素直接分解为可吸收利用的有机酸，为肉牛生长提供能量。

二、饲料的种类

1. 主要的能量饲料

目前，市场上普遍使用的能量饲料有玉米、小麦、大麦和麸皮。这类饲料适口性好，消化能含量及消化利用率较高。不足之处是蛋白质含量低，赖氨酸、蛋氨酸和色氨酸含量也很低。

（1）玉米　玉米是牛的主要饲料来源，是谷类子实饲料中能量含量较高的原料之一（图9-1、图9-2）。它适口性好，易于消化吸收，而且还含有较多的不饱和脂肪酸、亚油酸。所以，牛日粮中（专指精饲料）如果配入50%的玉米，就可以满足其必需脂肪酸的需要。

玉米的蛋白质含量偏低，一般平均含粗蛋白为8.6%，比其他谷物（除稻谷外）都低，蛋白质氨基酸含量也不平衡，赖氨酸和色氨酸含量非常低。玉米和豆粕搭配后，可在一定程度上弥补玉米氨基酸的不平衡。

玉米在储藏过程中极易发生霉变，霉变后产生的黄曲霉毒性大，饲喂后易造成牛中毒，应引起高度重视。

（2）小麦　小麦的能量含量稍低于玉米，蛋白质含量和质量高

图 9-1 玉米成株

图 9-2 玉米果实

于玉米，赖氨酸含量较高，但苏氨酸含量较低；粗纤维含量高于玉米，粗脂肪含量低于玉米（图 9-3、图 9-4）。

图 9-3 小麦成株

图 9-4 小麦籽粒

小麦所含的碳水化合物中主要是淀粉，但非淀粉多糖的含量比玉米多，非淀粉多糖可增加食糜的黏度，降低牛对营养物质的消化吸收。因此，如果牛日粮中配入较多的小麦，添加淀粉多糖酶制剂是必要的。据研究，以小麦代替 20％的玉米，饲喂肉牛时不影响其生长性能。

（3）大麦 大麦主产于长江流域，是含蛋白质较多、能量中等的饲料。籽粒中的蛋白质和脂肪酸质量优良，但缺乏赖氨酸和胡萝卜素，而且皮厚，粗纤维含量较多。因此，大麦是喂牛的好饲料。但大麦常因为储藏不当被赤霉真菌感染，被感染的大麦不宜作牛饲料。

在牛的日粮中，大麦的添加量一般为 20％，对于幼龄牛最好不要超过 10％（专指精饲料）。

（4）麸皮 麸皮是大麦、小麦加工成面粉后的副产品，是牛必备的能量饲料之一。小麦麸皮具有适口性好、质地蓬松和倾泻作用，是牛的良好饲料。麦麸与玉米相比，能量较低，蛋白质含量较高，钙磷含量高，而必需氨基酸含量不足，但却是 B 族维生素的良好来源。

2. 常用的蛋白质饲料

目前，市场上普遍使用的蛋白质饲料有豆饼（粕）、花生饼、棉籽饼、菜籽饼、亚麻籽饼、芝麻饼、鱼粉等。蛋白质的基本结构单位是氨基酸，对牛既重要又是不可替代的营养物质。牛的肌肉、神经、结缔组织、皮肤、内脏、皮毛、蹄壳及血液等均以蛋白质为基本组成成分。

（1）豆饼（粕） 豆饼是大豆食用性制油的副产品，也是我国最常用的一种植物性蛋白饲料。一般粗蛋白含量在 40%～46%，赖氨酸可达到 2.5%，色氨酸达到 0.1%，蛋氨酸达到 0.38%，胱氨酸达到 0.25%，富含铁、锌等金属元素（图 9-5～图 9-7）。

图 9-5 大豆秧　　　图 9-6 大豆籽粒　　　图 9-7 大豆粕

豆饼（粕）中含有抗营养因子，如胰蛋白酶抑制因子、尿素酶、异黄酸等，直接影响营养物质的吸收利用。大豆经过加热处理后，可破坏大部分的抗营养因子，并且香味浓郁、适口性好，消化吸收率大大提高，是牛生产的最理想饲料之一。

（2）花生饼（粕） 花生饼也是牛的重要蛋白质饲料来源之一。由于花生的产地和榨油方法不同，所含的营养成分也不同。现阶段，几乎所有的花生都是脱壳后榨油，高温 120℃可破坏花生中的抗胰蛋白酶。花生副产品营养价值高，其消化能、味道明显超过大豆饼（粕），蛋白质含量高达 40%～47%，脂肪含量高，粗纤维含量低，适口性好。

花生饼（粕）的氨基酸组成不太合理，尤其是牛所需求的赖氨酸、蛋氨酸含量都很低，分别为 1.3％和 0.4％左右，其中赖氨酸含量仅为大豆饼（粕）的 50％。由于花生是高脂肪蛋白饲料，储存比较困难；在高温、高湿地区极易产生黄曲霉菌，因此，花生饼（粕）不易长期储存。所以，在肉牛日常生产过程中，常常不使用花生饼（粕）。

（3）棉籽饼（粕）　棉籽饼（粕）是棉籽经过榨油后的副产品，压榨取油后的称饼，预榨浸提或直接浸提后的称粕。一般粗蛋白含量为 32％～38％，脱脂、脱皮的达到 40％左右，仅次于豆饼（粕），是肉牛一种重要的蛋白资源（图 9-8～图 9-10）。

图 9-8　棉花　　　　　　图 9-9　棉籽　　　　　图 9-10　棉粕

棉籽饼（粕）的营养价值相差很大，影响棉籽饼、粕营养价值的主要因素是棉籽脱壳程度及制油方法。完全脱壳的棉仁制成的棉仁饼（粕）粗蛋白质可达 40％，甚至高达 44％，与大豆饼的粗蛋白质含量不相上下；而由不脱壳的棉籽直接榨油生产出的棉籽饼粗纤维含量达 16％～20％，粗蛋白仅 20％～30％。不同取油方法由于饼、粕中脂肪含量不同致使粗蛋白含量有一定的差异。一般饼的脂肪含量高，有效能值高，粗蛋白含量较低；粕中脂肪含量低，有效能值低，粗蛋白含量高；而农村小型压榨机或液压法生产出的土榨饼，由于含壳量大，甚至不经蒸炒或蒸炒不充分，脱油率很低，饼中脂肪含量高，粗纤维含量高而粗蛋白含量低。

由于棉籽饼（粕）中游离棉酚对动物有害，因此，在使用棉饼、粕时，要根据饲喂对象及饼、粕中游离棉酚的含量加以限量。反刍家畜在有优质粗料及多汁青料的情况下，棉籽饼（粕）的用量不受限制，也不会造成中毒。

（4）菜籽饼（粕）　菜籽饼（粕）是油菜籽榨油后的副产品，其产量位居世界第二。菜籽饼（粕）一般粗蛋白含量为 31％～

40％，其中赖氨酸含量为 1.0％～1.8％，微量元素硒、铁、锰、锌含量较高，铜含量低。菜籽饼（粕）含毒素较高，具有苦涩味，影响适口性和蛋白质的利用效果；但由于反刍家畜消化系统的特殊性，在有优质粗料及多汁青料的情况下，菜籽饼（粕）的用量不受限制，一般在日粮中的添加量不超过 5％。

（5）鱼粉 鱼粉是生鱼经过烘干后制成的粉，是优质的蛋白质饲料，不仅蛋白质含量高，而且还富含各种必需氨基酸，如赖氨酸（5.5％）、色氨酸（0.8％）、蛋氨酸（2.1％）、胱氨酸（0.65％）等。进口鱼粉的粗蛋白含量为 55％～70％；国产鱼粉的粗蛋白含量为 45％～55％，但质量还不够稳定，粗脂肪和盐的含量偏高，易酸败变质（图 9-11、图 9-12）。

图 9-11 保存良好的干鱼　　　　图 9-12 经加工处理好的鱼粉

鱼粉中含有丰富的维生素 B_{12}，这是所有植物性饲料中都没有的。鱼粉中 B 族维生素的核黄酸、生物素较多，以及大量的维生素 A 和维生素 E 等脂溶性维生素，在加工和贮存条件差时，很容易遭到破坏。

目前，我国市场上所使用的鱼粉大部分为国产鱼粉，而进口鱼粉的数量很少。临床上鱼粉主要用于处在生产发育期的青年牛，但使用量很小。

3. 粗纤维饲料

一般粗纤维含量在 18％以上的干饲料都属于粗饲料。粗饲料消化率低，可利用营养少。牛的消化道特点决定了牛可利用大量的粗饲料。目前，肉牛育肥主要使用的粗饲料有玉米秸秆、高粱秸秆、稻草粉、苜蓿草、大豆秧、花生秧、干青草及部分树木的叶子等。

（1）苜蓿草　苜蓿草粉是苜蓿草经日光干燥脱水、粉碎制成，蛋白质含量相当于玉米的62％，并富含胡萝卜素、维生素D，适口性强，有能促进肠道蠕动、防止便秘和消化道溃疡的作用。在种牛、怀孕母牛、育肥牛日粮中添加一些苜蓿草粉效果良好。但同时需要考虑成本（图9-13～图9-15）。

图 9-13　三叶苜蓿草　　图 9-14　苜蓿草颗粒　　图 9-15　苜蓿草粉

（2）花生秧　将花生收获后的花生秧晒干即获得干花生秧。花生秧的粗蛋白含量为12％左右，可以在肉牛饲料中添加适当的比例。以冬天效果最好。

（3）大豆秧　将大豆收获后的大豆秧晒干，除去籽粒即获得大豆秧。大豆秧的粗蛋白含量为17％左右，可以在肉牛饲料中添加适当的比例。以冬天效果最好。

（4）干青草　将收获的优质青草晒干，即获得干青草。干青草的粗蛋白含量为15％左右，可适当添加到肉牛饲料中。

5. 矿物质饲料

牛的主要饲料是植物的秸秆和籽实，而植物中无机盐含量相对较低，不能满足牛的需求，特别是在现代化饲养条件下，必须额外补充，以达到饲料中无机盐的平衡。在牛的饲料中，最应该补充的是钠、氯、钙、磷等。

（1）食盐　又称氯化钠，大多数植物性饲料中的含量很少，故牛饲料中一般都用食盐补充。饲料中长期缺乏氯和钠元素，会影响牛的食欲，降低饲料利用效率，继而影响牛的生长发育。

牛缺乏食盐时，往往表现舔食圈的地面、栏杆，啃食地面或炉灰渣等异物。如果饲料中食盐含量过多，而供水不足，就会造成牛食盐中毒，主要表现为口渴、神经过敏、腹泻、身体虚弱。

（2）钙和磷　钙和磷是牛机体的主要构成成分之一，是牛骨骼的主要成分。饲料中钙和磷的不足或过剩，都会对犊牛的生长造成不良影响，个别情况会造成犊牛瘫痪；过量的钙和磷还会干扰锌、铁、铜、镁、碘和锰的代谢。

在大多数谷类饲料中，钙的含量低，磷又以植酸磷的形式存在而不能吸收利用。添加植酸酶不仅可以减少30％左右的磷酸氢钙的添加量，有时还可以显著提高平均日增重和饲料消化率。所以，在牛的日粮中需添加钙和磷矿物质饲料，但应注意钙磷比例平衡。目前，常用的为牛补充钙和磷的饲料有骨粉、磷酸氢钙、磷酸二氢钠、蛋壳和贝壳粉等。

① 骨粉。骨粉是各种畜禽的骨骼经过高温处理后，脱脂、烘干和粉碎后而制成的颗粒粉末，主要成分为钙和磷。骨粉既能补钙，又能补磷；骨粉中钙的含量是磷含量的 1.5～2.0 倍，是比较适合牛的需要，也是牛补充钙和磷、保持钙和磷比例平衡的较理想饲料。

② 磷酸氢钙。主要成分为磷和钙，一般含磷量18％以上，含钙23％以上。磷酸氢钙与骨粉效果相似，也是牛补充钙和磷的理想饲料之一。

③ 磷酸二氢钠。其为含磷的矿物质饲料，主要成分为磷和钠。以钠的磷酸盐补磷会改变饲料中钠的比例，所以，在生产中应引起注意。

④ 蛋壳和贝壳粉。由新鲜的蛋壳与贝壳烘干后磨碎而制成的。蛋壳粉中钙的含量在 30％以上；贝壳粉中钙的含量也在 30％以上，主要成分为碳酸钙。蛋壳和贝壳粉只能作为钙的补充饲料。

第二节　育肥牛的营养需求

在牛的饲料中，浓缩饲料与能量饲料按一定比例混合制成精料混合料。精料混合料是一种半日粮型配合饲料，牛等反刍动物不能只饲用精料混合料来满足其正常的生长与生产的需要，还必须与一定数量青饲料、青绿多汁饲料、粗饲料等混合饲喂，才能构成反刍动物全日粮型配合饲料，以完成其正常的生长和生产。因此制作精料混合料时一方面要考虑动物种类、动物的生理阶段以及动物体重等对营养需要的要求，同时还必须掌握不同季节和不同饲养条件下通常所使用的青饲料、粗饲料和青绿多汁饲料等营养素含量的平均值，在配制全日粮的基础上，配好精料混合料。

育肥牛的营养需求主要是根据其年龄、体重和设计的增重速度而确定。在设计增重速度时，应考虑以下三方面：胴体脂肪沉积适量，胴体增重达到一、二级指标，饲养成本低。一般我国黄牛因生长速度慢，在设计育肥增重速度时，应有别于引进的国外品种牛及其与我国黄牛的杂交牛，前者应低一点，后者可高一些。

肉牛的营养根据其生长规律，将整个生长过程分为两个时期，即生长期和肥育期，不同时期肉牛营养不同。

1. 生长期

生长期生长迅速，蛋白质代谢强度大，体内沉积蛋白质、水分、矿物质多，而脂肪沉积少。生长期由于营养水平高，各器官发育较快，应保证营养物质的充足供给，特别是蛋白质、矿物质和维生素。一般该期日粮粗蛋白含量为 $14\%\sim19\%$，总可消化养分为 $68\%\sim70\%$，精饲料采食量控制在体重的 $1.2\%\sim1.5\%$，粗饲料自由采食，日增重 $0.7\sim0.8$ 千克。玉米青贮对于生长期阉牛而言是比较好的饲料。苜蓿对肉牛大理石花纹肉的形成有利。

2. 肥育期

肥育期的营养特点是低蛋白高能量，以满足肌间脂肪的沉积，形成大理石花纹肉的需要。肥育前期，应采取限制饲养方法，使肌肉最大限度生长，精料控制在体重的 $1.7\%\sim1.8\%$，粗饲料自由采食，一般占总采食量的 $57\%\sim49\%$，青贮料占日采食量的 $24\%\sim28\%$，日增重达 $0.9\sim1.0$ 千克。在肥育后期肉牛日粮中添加粗饲料的研究中发现，当日粮中含 30% 青秸秆时，对生产无影响；如秸秆含量超过 $45\%\sim50\%$ 时，生产性能降低、屠宰期延长和屠宰成绩降低。肥育后期，所有饲料均自由采食，特别应增加精料喂给，此期精料采食量一般占牛体重的 1.8% 左右，粗饲料采食量占日采食量的 $31.0\%\sim34.6\%$，日增重 $0.7\sim0.8$ 千克，以便加快大理石状花纹沉积的速度，改进牛肉品质，增加生产高档牛肉数量。表 9-1 所列为生长肥育牛的营养需求。

表 9-1　生长肥育牛营养需求（每日每头）

肉牛体重/千克	日增重/千克	干物质摄入量/千克	粗饲料比例/%	粗蛋白/千克	维持净能/兆焦	增重净能/兆焦	代谢能/兆焦	钙/克	磷/克	维生素A/千国际单位
100	0.3	2.8	75～80	0.34	8.74	2.18	24.07	10	9	6
	0.5	2.8	60～70	0.40	8.74	3.40	27.68	14	11	6
	0.7	2.8	40～50	0.44	8.74	5.33	30.70	19	13	6
	0.9	2.8	20～25	0.49	8.74	7.06	33.81	24	16	7
150	0.3	4.0	75～80	0.41	11.84	2.94	32.89	10	10	9
	0.5	4.0	60～70	0.47	11.84	5.01	37.51	14	12	9
	0.7	4.0	40～50	0.52	11.84	4.33	41.75	18	14	9
	0.9	4.0	20～25	0.55	11.84	9.53	45.78	23	17	9
200	0.3	5.2	70～80	0.50	14.69	3.65	40.87	10	11	12
	0.5	5.2	60～70	0.54	14.69	6.26	46.58	14	13	12
	0.7	5.2	40～50	0.57	14.69	8.99	52.76	18	16	13
	0.9	5.2	25～30	0.60	14.69	11.84	57.58	23	18	13
	1.1	5.2	15～20	0.62	14.69	14.78	62.29	27	20	13
250	0.3	6.2	70～80	0.56	17.36	4.33	48.30	10	11	14
	0.5	6.2	50～60	0.60	17.36	7.43	55.86	14	13	14
	0.7	6.2	40～50	0.66	17.36	10.63	61.87	18	16	14
	0.9	6.2	30～40	0.71	17.36	13.99	70.56	22	19	14
	1.1	6.2	15～20	0.76	17.36	17.51	73.71	26	21	14
300	0	5.2	100	0.41	19.92	0	40.19	9	9	10
	0.5	7.5	50～60	0.77	19.92	8.48	61.95	15	13	16
	0.7	7.5	40～45	0.81	19.92	12.18	70.69	19	16	16
	0.9	7.5	30～40	0.85	19.92	16.04	80.30	22	19	16
	1.1	7.5	20～25	0.88	19.92	20.08	87.99	25	22	16
	1.2	7.5	15～20	0.88	19.92	22.13	90.51	27	23	16
350	0	5.8	100	0.47	22.34	0	45.19	10	10	12
	0.5	8.2	50～55	0.74	22.34	9.83	69.68	14	14	18
	0.7	8.2	40～45	0.78	22.34	13.69	79.42	17	16	18
	0.9	8.2	30～40	0.83	22.34	18.02	90.26	20	18	18
	1.1	8.2	20～25	0.88	22.34	22.51	98.78	23	20	18
	1.2	8.2	15～20	0.88	22.34	24.86	101.6	25	21	18
400	0	6.4	100	0.53	24.69	0	49.90	11	11	13
	0.5	9.0	50～55	0.79	24.69	10.54	76.94	16	16	19
	0.7	9.0	40～45	0.83	24.69	15.12	87.70	19	18	19
	0.9	9.0	30～35	0.88	24.69	19.91	99.67	21	19	19
	1.1	9.0	20～25	0.92	24.69	24.91	109.2	22	20	19
	1.2	10.0	15～20	0.92	24.69	27.47	112.3	23	21	19

续表

肉牛体重/千克	日增重/千克	干物质摄入量/千克	粗饲料比例/%	粗蛋白/千克	维持净能/兆焦	增重净能/兆焦	代谢能/兆焦	钙/克	磷/克	维生素A/千国际单位
450	0	7.0	100	0.56	26.99	0	54.47	12	12	14
	0.5	9.8	50～55	0.86	26.99	11.51	84.00	17	17	20
	0.7	9.8	40～45	0.90	26.99	16.51	95.76	18	18	20
	0.9	9.8	30～35	0.93	26.99	21.76	108.9	20	20	20
	1.1	9.8	20～25	0.97	26.99	27.17	119.2	22	21	20
	1.2	9.8	15～20	0.97	26.99	30.00	122.6	23	22	20
500	0	7.8	100	0.62	29.20	0	58.93	13	13	15
	0.5	10.5	50～55	0.90	29.20	12.47	90.93	17	17	23
	0.7	10.5	40～45	0.92	29.20	17.85	103.6	18	18	23
	0.9	10.5	30～35	0.95	29.20	23.52	117.7	19	19	23
	1.1	10.5	20～25	0.97	29.20	29.44	129.0	20	20	23
	1.2	10.5	15～20	0.97	29.20	32.47	132.9	21	21	23

另外，矿物质、维生素和微量元素的营养搭配对肉牛来说也很重要。如微量元素，尽管需要量极低，但在动物体内的生理功能是不可代替的。研究表明，肉牛微量元素缺乏，轻者生长受阻、骨骼畸形和繁殖机能障碍等，严重者会引起死亡。

第三节　育肥牛添加剂的使用技术

随着我国养牛事业的发展，新的科学技术的广泛推广使用，有效地改变了肉牛的生产品质。目前，使用的主要技术是采用各种不同作用的添加剂，同时，也带进了"瘦肉精"等危害人民身体健康的违禁产品。为此，必须遵照国家的有关规定，禁止使用违禁药品添加剂。

一、增重剂的使用

增重剂也称生长促进剂，其作用机理是通过改善畜体内能量和氮代谢平衡，促进蛋白质的沉积。据有关单位实验结果表明，应用不同增重剂后，肉牛的平均日增重可提高 9.38%～23.71%。

1. 增重剂的种类

增重剂按照来源可分四大类，第一类是人工化学合成的，第二类是动物体内自然产生的动物激素，第三类是从植物和微生物体内提取的，第四类是营养性增重剂。

第一类增重剂属于雌激素，如己烯雌酚、己烷雌酚等，这类化合物由于通过代谢形成具有细胞毒素活性和诱变活性的物质，损害人体健康，因此许多国家禁止使用。

第二类天然动物激素增重剂是动物体内自然产生的，主要是雌、雄激素类及其衍生物，如雌二醇、孕酮、睾酮、戊酸酮、甲地孕酮、去氢甲睾醇等。这些激素由于是动物体组织的正常组成成分，因此对人体的健康无害，但影响人体生理，使用时应注意休药期。

第三类是从植物和微生物体内提取的增重剂，目前已分离出来的有玉米赤霉醇、赤霉素，由于这些物质在畜体内有残留，所以被禁止使用。

第四类是营养性增重剂，主要是一些营养因子，如赖氨酸、蛋氨酸、精氨酸及蛋白质和肽类激素如生长激素等，后者在体内分解后成为氨基酸。

目前，在畜牧业中广泛使用的增重剂主要是第二类和第四类，其中激素类由于残留问题，各国使用的程度不同，美国已完全禁止用激素育肥家畜。

2. 增重剂的使用方法和效果

增重剂的使用方法有耳根皮下埋植、注射及口服。其中以耳根皮下埋植为主，口服效果不大，重复埋植也不理想。临床上激素类增重剂用量很小，一头牛一次只埋植几十毫克；营养性增重剂用量较大些，一般一次量为几百毫克。

春宝隆是一种商品增重剂，增重效果极明显，与雌激素联合埋植更有效。春宝隆与 $17\text{-}\beta\text{-}$雌二醇联合使用已获广泛推广。

诺宝林的主要成分为 19-去甲睾酮，实验结果表明，小公牛每千克活重埋植 1 毫克，平均日增重提高 11.1%。

3. 增重剂的安全使用

营养性增重剂是绝对安全的，可以放心使用。激素类增重剂在牛体内的代谢和排出需要一定的时间，时间短，就会造成在肉牛的残留，影响人体生理代谢，进而损害健康，所以埋植时间必须在出栏前 60 天。

二、瘤胃素的应用

瘤胃素是莫能菌素的商品名，是一种灰色链球菌的发酵产物。由于在饲料中添加瘤胃素能提高牛的增重和饲料报酬，所以有人将瘤胃素称为增重剂。瘤胃素的本身作用并不是对牛的机体代谢起作用，而是通过影响瘤胃微生物的发酵过程，改善微生物的代谢产物，有利于牛对其消化吸收，所以瘤胃素实际是一种饲料添加剂。

1. 瘤胃素的毒性

瘤胃素是一种抗生素，具有毒性，使用不当会造成家畜中毒，甚至死亡。牛的半致死量为每千克活重 22.4～39.8 毫克。瘤胃素在肉牛业中使用的安全剂量为 1～5 天每头每天 100 毫克，6 天后每头每天 200 毫克。

2. 瘤胃素的使用方法

瘤胃素应均匀地拌混在肉牛的精料日粮中。

3. 饲料报酬高

育肥肉牛饲料中添加瘤胃素可提高肉牛日增重，显著提高饲料的利用效果，饲料报酬可提高 10%～20%。

三、非蛋白氮的应用

非蛋白氮的英文缩写为 NPN（nonprotein nitrogen），目前已使用的非蛋白氮有尿素、碳酸氢铵、磷酸氢铵、硫酸铵、双缩脲、异丁基二脲等。NPN 是一些含有大量有机氮的化合物，这种氮可被反刍动物瘤胃微生物利用合成菌体蛋白。因此使用 NPN 可代替部分蛋白质，降低饲养成本。大量实验表明，以 1 千克尿素合理饲喂肉牛，可增重 2 千克，降低成本 10%。

四、非常规饲料添加剂的使用

非常规饲料添加剂包括天然沸石、麦饭石、膨润土等非常规矿物质饲料，由于它们具有交换、吸附和催化等独特的理化性能，并含有畜禽需要的微量元素，因此，饲喂畜禽不仅能提高营养物质的消化率，还可促进畜禽生长等。

1. 沸石

沸石属含碱金属和碱土金属的含水铝硅酸盐类，主要成分是二氧化硅和三氧化二硅。它具有很强的吸附能力，能吸附肠道内某些病原微生物和有害气体并随粪便排出体外，从而改善胃肠环境，提高消化机能和饲料利用率。

2. 麦饭石

麦饭石是一种风化的花岗岩石，含有多种矿物元素，麦饭石具有"有益元素的溶出性、有害成分的吸附性、细菌的抑制性以及pH的调节性"等特点。在畜禽日粮中添加麦饭石后，可提高饲料的消化利用率；促进机体内酶、激素的分泌和释放，从而产生促进肝功能和消化、代谢机能的作用；改善胃肠道的环境，有利于减少疾病。在使用时添加量一般以日粮干物质的3%～5%。

3. 益生素

益生素也称促生长素，因为其参与调理动物肠道微生物群的生态平衡，对提高畜禽的健康水平、防治畜禽消化系统疾病、促进幼畜生长有良好作用。通常条件下的添加量为0.05%～0.02%，日增重可提高13.2%，饲料报酬提高6.3%，发病率降低27.7%。

五、抗生素的实际应用

抗生素对细菌有杀灭作用，从而改善牛体健康，促进生长，提高饲料转化效率，降低生产成本。在饲料中添加抗生素，有利于保证牛群的健康。因此应用抗生素必须遵循的原则是：①在安全有效的范围内精确掌握使用剂量；②指定专业技术人员专人使用；③尽量减少药物使用量。畜牧生产常使用的饲料抗生素添加剂有：杆菌肽、青霉素、新霉素、链霉素、四环素、泰乐菌素等。

第四节 如何有效科学地降低饲料成本

要想提高养牛场的养殖效益，就必须做到有效科学地降低饲料成本，依据肉牛日粮的基本需求，在保证营养水平的情况下，调配精饲料的使用比例，增加含蛋白高的植物秸秆添加量，减少添加剂的使用数量，从而降低饲料成本。

传统的配方一般都是由玉米、麸子、豆粕、预混料、部分添加剂和植物秸秆组成。科学的肉牛饲料配方按着有什么、用什么，就近取材，讲究饲料品种多样化。所以，要降低饲料成本就必须从以下几方面入手。

　　① 从能量饲料入手，调换饲料种类的使用比例。即在日粮中使用部分小麦、大麦。例如：当玉米价格高时，可以使用20％的小麦或大麦代替玉米，以调节价格平衡。

　　② 从蛋白质饲料入手，调换饲料种类的使用比例。例如，夏天可以添加一些清凉温湿的菜粕；冬天可适当提高棉籽饼（粕）的使用比例；当豆饼（粕）价位高时，可以使用70％～100％的棉籽饼（粕）代替豆饼（粕）等。

　　③ 从粗纤维饲料入手，调换粗纤维饲料的种类。粗纤维饲料一般占牛日粮的55％～65％，由于苜蓿草（花生秧、大豆秧）中可吸收蛋白含量比玉米干秸秆的含量高出很多，故可以通过调节农作物秸秆的使用比例，提高粗纤维饲料中可吸收蛋白含量。也可以使用酒糟等工业副产品提高蛋白含量，但要注意量的控制。

　　④ 减少或不使用预混料、添加剂。牛是反刍家畜，所需要的维生素、矿物质元素基本上都能通过反刍从饲料中获得。故在正常的饲料配制过程中，减少或不使用预混料、添加剂，也同样能够达到育肥效果。

　　⑤ 对植物秸秆进行青贮处理。植物秸秆经过青贮处理后，部分植物蛋白通过维生素的作用就可以转化为可吸收蛋白，蛋白质含量由原来的0.6％（干秸秆的蛋白质含量一般为1.8％，青贮秸秆与干秸秆的换算比例为3：1）增加到7.7％，这样就可代替部分玉米。所以说，每使用20千克青贮秸秆与普通干秸秆相比，等于增加使用了1千克玉米。

　　综上所述，肉牛的日粮配制并不是一成不变的，养殖户可以根据肉牛对日粮的需求，采取多种饲料原料相互合理地调配，既达到了降低饲料成本的目的，又保证了肉牛的快速育肥。

第五节　怎样自制高质量饲料

　　日粮配合是指一昼夜内一头家畜所采食的各种类型饲料，如青饲料、粗饲料、精饲料、添加剂饲料等总和的总称。如果根据饲养标准配制的日粮，能满足家畜对能量和各种营养物质的种类、数量及其相互比例的需要，则该日粮称为全价日粮。日粮配合并不是简单地把几种饲料混合在一起就行了，而是必须遵循配合的原则，以饲养标准为基础，结合当地实际灵活运用，酌情修正，以能降低成本，充分发挥牛的生产性能潜力为目的。日粮配合的原则如下。

① 日粮要符合架子牛的采食能力。日粮组成既要满足牛对营养物质的需要，又要让牛吃得下、吃得饱。肉牛的采食量约为每100千克体重每天2～3千克干物质。日粮配合必须首先满足牛对能量的需要，在此基础上再考虑对蛋白质等其他养分的需要。

② 饲料组成要符合牛的消化生理特点，合理搭配。以青粗饲料为基础，青粗饲料不足的能量和蛋白质以添加精饲料补充（图9-16、图9-17）。

图9-16　高蛋白饲料豆粕　　　　图9-17　高蛋白饲料棉粕

③ 为提高日粮的营养全价，提高其适口性，日粮的组成应多样化。

④ 饲料应尽量就地取材，随时生产，以达到降低成本、保证质量的作用，并尽量减少或不使用商品饲料。日粮配方也不是一成不变的，它应随着季节的变化而变化。一般来说，冬季需用的能量高，应加大能量饲料的使用量；夏季需用的能量低，应减少能量饲料的使用量。

⑤ 对于架子牛来说，日粮配合主要是精饲料配合，因为养牛的粗饲料一般不能满足牛对营养物质的需要，日粮配合分以下几个步骤。

ⅰ. 查表。根据牛的生长发育时期和育肥阶段及日增重指标要求，确定所饲养肉牛每天所需营养物质的数量，并查找提供的拟用饲料的营养成分含量。表 9-2 所列为相同体重、日增重速度不同的架子牛营养需要量。

表 9-2 相同体重、日增重速度不同的架子牛营养需要量

体重/千克	日增重/千克	干物质/千克	肉牛能量/RND	综合净能/兆焦	粗蛋白/克	钙/克	磷/克
	0	2.66	1.46	11.76	236	5	5
150	0.5	3.70	2.07	16.74	465	19	10
	1.0	4.75	2.80	22.64	665	34	15
	1.2	5.16	3.25	26.28	739	40	16
	0	3.30	1.80	14.56	293	7	7
200	0.5	4.44	2.56	20.67	514	20	11
	1.0	5.57	3.45	27.82	708	34	16
	1.2	6.03	4.00	32.30	778	40	17
	0	4.47	2.60	21.00	397	10	10
300	0.5	5.79	3.66	29.58	603	21	14
	1.0	7.11	4.92	39.71	785	34	18
	1.2	7.64	5.69	45.98	850	38	19
	0	5.55	3.31	26.74	492	13	13
	0.5	7.06	4.66	37.66	689	23	17
400	0.8	7.96	5.49	44.31	798	29	19
	1.0	8.56	6.27	50.63	866	33	20
	1.2	9.17	7.26	58.66	927	37	21

ⅱ. 初配。确定日粮中饲草的种类和用量。通常按每 100 千克体重给予 1～1.5 千克干草和 3～4 千克青饲料。

ⅲ. 补充和平衡。将肉牛的营养需要减去饲草提供的养分量，即为需由料补充的养分量。矿物质和维生素的补充也应在这一步骤完成。

⑥ 肉牛日粮配合的几种方法。在实际生产中的几种方法，并不是为每一头肉牛单独配合一个日粮，而是按年龄、性别、体重、生产性能（日增重）和生理状态等情况，将肉牛划分为若干条件相似的组，然而分别为每一组牛配合一个日粮，这就是所谓的饲料配方。然后根据配方比例，配合大批的饲粮。

以下介绍几种日粮配合的方法。

ⅰ.四角法。四角法又称对角线法或交叉法。这是一种简单地将作图和计算结合起来的方法，可以较快地获得比较精确的结果，缺点是一次计算只能考虑1～2个要求。举例如下。

给体重300千克、日增重要求达到0.8千克的肥育小阉牛配合日粮，要求日粮蛋白质水平为12%，所用饲料为玉米、玉米秸（专指经发酵处理的）、豆饼。

第一步，查饲料营养价值表，3种饲料的粗蛋白含量为

玉米	玉米秸	豆饼
8.6%	8.5%	43.0%

第二步，画一四方形，四方形中央写上日粮要求的蛋白质水平。玉米和玉米秸的粗蛋白含量很接近，将其组为一组放在四方形的左上角（按每4份玉米秸加一份玉米配合，即玉米秸占4/5、玉米占1/5），豆饼的粗蛋白含量放在左下角。然后将玉米秸和玉米、豆饼的粗蛋白含量与日粮要求的蛋白质含量相减，并沿对角线方向（箭头方向）分别写在四方形的右下角和右上角。

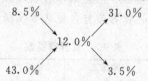

第三步，计算日粮中玉米秸、玉米和豆饼的用量，算式如下。

玉米秸与玉米总用量为 $31.0\% \div (31.0\% + 3.5\%) = 89.9\%$

其中玉米秸用量 $= 89.9\% \times 4/5 = 71.9\%$，玉米用量 $= 89.9\% \times 1/5 = 18.0\%$

豆饼用量 $= 3.5\% \div (31.0\% + 3.5\%) = 10.1\%$

以上混合料，玉米秸占 71.9%，玉米占 18.0%，豆饼占 10.1%，其粗蛋白含量已达到 12.0%要求。

ⅱ.试差法。试差法又称营养需要法，该方法的优点是能比四角法考虑更多的肉牛营养需要指标，编制过程大致可分为以下几个步骤。

第一步，根据牛的状况和生产目标，查饲养标准，确定牛每天所需的营养物质数量，并查所用饲料的各营养成分含量。

第二步，有两种办法，一是根据牛每日干物质需要量确定所用青粗饲料的数量，并计算该数量青饲料所含的各种营养物质数量。

二是首先确定青粗饲料用量，并计算出其所含的营养成分量，然后用饲养标准减去青粗饲料所含的营养物质量，差额即为需由精饲料提供的营养成分量。

第三步，在第一种情况下，以能量饲料代替全部青粗料，满足能量的需要。并计算出此时粗料和能量饲料共含有的各种营养物质数量。如果采用第二种办法，则直接用能量饲料满足能量的需要。

第四步，以骨粉、磷酸氢钙等补磷的不足；以石粉、贝壳粉、蛎壳粉等补充钙的不足；以微量元素添加剂、食盐来满足其他微量元素的需要。

⑦ 以下给出一种日粮配合编制实例。

有一群体重270千克左右的阉牛，要求日增重450克。提供配合日粮的饲料有玉米粉、棉仁饼、干草，矿物质饲料有石粉、骨粉等。

第一步，查出体重270千克阉牛在日增重450克生产水平下的营养需要和各种饲料的营养成分，见表9-3和表9-4。

表9-3　营养需要量

干物质采食量 /千克	代谢能 /（兆焦/千克）	粗蛋白 /%	钙 /%	磷 /%
6.4	9.20	10.2	0.38	0.24

表9-4　饲料的营养成分

饲料名称	干物质含量 /%	干物质中含有			
		代谢能/（兆焦/千克）	粗蛋白/%	钙/%	磷/%
黄玉米	88.4	13.43	9.7	0.02	0.24
棉仁饼	88.3	11.21	44.6	0.26	2.28
干草	90.7	7.61	5.0	0.37	0.03
石粉	88.0			36.0	
骨粉	88.0			32.0	11.0

如果每日饲喂的粗饲料干草占日粮比例为70%，则第二步计算出70%干草所含的营养物质和需由精饲料补充的营养物质数量，见表9-5。

表 9-5　70%干草所含的营养物质和需由精饲料补充的营养物质数量

项目	代谢能/(兆焦/千克)	粗蛋白/%	钙/%	磷/%
70%的干草含有	70%×7.61=5.3	3.5	0.26	0.02
需由精料补充的营养	9.20−5.3=3.9	10.2−3.5=6.7	0.38−0.26=0.12	0.24−0.02=0.22

由于精料比例只能占日粮的 30%，因此补充 3.9 兆焦代谢能，精料含量代谢能只有达到约 12.97 兆焦（3.9/30%）才能满足要求；同理，推算出精料中粗蛋白含量达到 22.3%（6.7/30%）时才能满足；钙、磷含量也依次类推，结果如下。

	代谢能（兆焦/千克）	粗蛋白（%）	钙（%）	磷（%）
30%精料应含有：	12.97	22.3	0.40	0.73

第三步，用精料玉米粉和棉仁饼满足日粮的能量和蛋白质要求，首先满足代谢能的需要，可采用四角法计算玉米和棉仁饼的各自需要量。

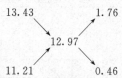

玉米 1.76÷(1.76＋0.46)=79.3%

棉仁饼 0.46÷(1.76＋0.46)=20.7%

第四步，计算精饲料中的营养成分含量，并与饲养标准进行比较。见表 9-6 和表 9-7。

表 9-6　精饲料中的营养成分含量

饲料	代谢能/(兆焦/千克)	粗蛋白/%	钙/%	磷/%
玉米粉	0.793×13.43=10.65	0.793×9.7=7.69	0.793×0.02=0.02	0.793×0.24=0.19
棉仁饼	0.207×11.21=2.32	0.207×44.6=9.23	0.207×0.26=0.05	0.207×2.28=0.47
合计	12.97	16.92	0.07	0.66

表 9-7　非饲养标准与饲养标准的比较

饲料	代谢能 /(兆焦/千克)	粗蛋白/%	钙/%	磷/%
30%精料含	12.97×30%=3.89	16.92×30%=5.08	0.07×30%=0.02	0.66×30%=0.20
70%粗料含	5.3	3.5	0.26	0.02
合计	9.20	8.58	0.28	0.22
与标准相比	9.20	10.2	0.38	0.24
+/-	0	−1.62	−0.10	−0.02

第五步，比较结果，粗蛋白缺少较多，需在代谢能含量基本不变情况下，增加粗蛋白含量。因棉仁饼粗蛋白含量高，可用棉仁饼替代干草，具体见表 9-8 和表 9-9。

表 9-8　替代后代谢能及矿物质钙、磷的变化

饲　　料	代谢能 /(兆焦/千克)	粗蛋白 /%	钙 /%	磷 /%
玉米粉 79.3%×30%=23.8%	3.2	2.3	0.01	0.06
棉仁饼 20.7%×30%+4.1%=10.3%	1.2	4.6	0.03	0.23
干草 70.0%−4.1%=65.9%	5.0	3.3	0.24	0.02
合计	9.4	10.2	0.28	0.31

表 9-9　编制的日粮配方

饲料/%	代谢能/(兆焦/千克)	粗蛋白/%	钙/%	磷/%
玉米粉 23.8	3.2	2.3	0.01	0.06
棉仁饼 10.3	1.2	4.6	0.03	0.23
干草 65.2	5.0	3.3	0.24	0.02
石粉 0.4			0.14	—
食盐 0.3	—	—	—	—
合计 100	9.4	10.2	0.43	0.31

当用棉仁饼 1% 替代干草后净增的粗蛋白量为：

$$(44.6\% − 5.0\%)/100 = 0.396\%$$

现在实际缺少了 1.61%，应该用 4.1%（1.61/39.6×100 个单位）的棉仁饼，即可满足需要。

第六步，由于磷多钙少，日粮比例不平衡，钙比例需提高至0.42%。采用添加石粉提高钙含量（0.42%－0.28%＝0.14%），用石粉量为0.14%/36%＝0.4%，同时加上食盐0.3%，此两项共0.7%均从干物质扣除后，得出饲料日粮配方如表9-9所示。

以上在计算配合饲料中各饲料的配比比例时，是以饲料中的干物质（即饲料绝干重）为基础，而在正常情况下，饲料中的各种成分都含有一定量的水分，尤其青饲料所含水分更高，因此，应将以干物质为基础的比例还原为自然干重（风干重）为基础的比例，见表9-10。

表 9-10 日粮配方（以饲料风干重为基础）

饲料名称	风干重在日粮占有的份额/%	风干重时在日粮中占有的比例/%
玉米粉	23.8/88.4＝26.9	26.9/111.3＝24.2
棉仁饼	10.3/88.3＝11.7	11.7/111.3＝10.5
干草	65.2/90.7＝71.9	71.9/111.3＝64.6
石粉	0.5	0.5/111.3＝0.5
食盐	0.3	0.3/111.3＝0.3
合计	111.3	100

在编制计算肉牛日粮配方时，常常会遇到各种饲料含水量不一致，甚至相差很大，如青饲料、青贮料、糟渣类饲料等。采用把各种饲料的含水量都校正到同一水平再进行计算也是一种较实用的方法。

需要说明的是，饲养标准中规定的营养定额为肉牛的平均营养需要量。在实际配合日粮时，允许根据牛群素质酌情调整。但能量的实际供给量应不超过标准的±5%；蛋白质则不宜超过±10%，最好在±5%以内；在采用矿物质饲料补充日粮的钙和磷时，必须注意使用有效钙、磷的比例保持在（1.5～2.0）∶1。

第六节 育肥牛日粮配方实例

1. 育肥9～10月龄、体重250千克左右生长牛

要求日增重1000克左右。青粗饲料为小麦秸、带穗青贮玉米，自由采食。育肥期7～8个月。育肥牛各阶段的精饲料配方

见表9-11。

表9-11　育肥牛各阶段的精饲料配方　　　单位：%

育肥阶段及时间		豆饼	棉仁饼	玉米	小麦麸	骨粉	贝壳粉	食盐	微量元素
Ⅰ	3个月半	18	20	50.4	10	1	—	0.5	0.1
Ⅱ	1个月半	8	15	67.5	8	1	—	0.5	
Ⅲ	2个月	16.6	6.4	67.5	8		1	0.5	
Ⅳ	1个月	22	—	68.5	8		1	0.5	

2. 育肥10～14月龄、体重300～400千克左右生长牛

计划日增重1000～1200克，育肥期6个月。粗饲料为玉米秸、酒糟，精饲料为玉米、棉籽饼，育肥牛的日饲料供应量见表9-12。

表9-12　育肥牛的日饲料供应量　　　单位：千克

育肥阶段及时间		浓缩料	棉仁饼	玉米	小麦麸	玉米秸	酒糟	食盐	豆饼
Ⅰ适应期	15天	0.01	1.0	1.5	0.6	10.0	7.0	0.01	—
育肥Ⅱ期	30天	0.01	1.3	3.0	0.6	7.0	12	0.01	—
育肥Ⅲ期	45天	0.01	1.6	4.0	0.5	5.0	10	0.01	0.5
育肥Ⅳ期	60天	0.01	2.0	5.0	0.5	4.0	8.0	0.01	1.0

3. 育肥19～20月龄牛

要求日增重1200克左右，育肥期6个月，干草自由采食，每日加喂混合精料5千克。配方如下：干草秸2.5千克做精料混合用，玉米68.0%，棉仁饼10.7%，豆饼10.0%，小麦麸10.0%，食盐0.3%，钙粉1.0%。

4. 育肥体重在300千克以下生长牛

要求日增重1000克左右，每日每头牛干物质采食量7.2千克。经验日粮配方如下。

①黄玉米15.0%，胡麻饼13.6%，玉米青贮35.0%，干草粉5.0%，酒糟31.0%，食盐0.4%。

②黄玉米10.8%，棉仁饼22.9%，鸡粪8.0%，青贮玉米（带穗）22.0%，小麦秸35.0%，食盐0.3%，钙粉1.0%。

5. 育肥体重在 300 千克以下生长牛

要求日增重 1100 克左右，每日每头牛干物质采食量 8.5 千克。经验日粮配方如下。

① 黄玉米 8.6%，玉米青贮（带穗）36.0%，白酒糟 48.0%，棉仁饼 7.0%，食盐 0.3%，钙粉 0.1%。

② 黄玉米 11.0%，玉米青贮（带穗）25.0%，玉米秸 5.0%，白酒糟 50.0%，胡麻饼（或棉仁饼）8.6%，食盐 0.2%，钙粉 0.2%。

③ 黄玉米 25.0%，棉仁饼 13.0%，青贮玉米（带穗）37.0%，玉米秸 3.0%，白酒糟 21.1%，食盐 0.2%，钙粉 0.7%。

④ 黄玉米 19.0%，青贮玉米（带穗）17.6%，干草粉 5.0%，白酒糟 45.0%，棉仁饼（或胡麻饼）13.0%，食盐 0.2%，钙粉 0.2%。

6. 育肥体重在 300 千克以下生长牛

要求日增重 1000 克左右，每日每头牛干物质采食量 9.8 千克。经验日粮配方如下。

① 黄玉米 17.1%，棉仁饼 24.7%，青贮玉米（带穗）37.4%，玉米秸 9.5%，白酒糟 10.0%，食盐 0.3%，钙粉 1.0%。

② 黄玉米 21.9%，棉仁饼 29.2%，青贮玉米（带穗）34.5%，玉米秸 9.1%，白酒糟 4.0%，食盐 0.3%，钙粉 1.0%。

③ 黄玉米 38.6%，青贮玉米（带穗）22.0%，胡麻饼（或棉仁饼）9.0%，干草粉 4.0%，白酒糟 26.0%，食盐 0.2%，钙粉 0.2%。

④ 黄玉米 18.6%，青贮玉米（带穗）22.0%，玉米秸 5.0%，胡麻饼（或棉仁饼）7.0%，白酒糟 47.0%，食盐 0.2%，钙粉 0.2%。

7. 其他

我国在长期的肉牛生产过程中，经过不断生产实践，总结出许多有价值的架子牛日粮配方（精料），如下所述。

① 黄玉米 60.0%，棉仁饼 23.0%，小麦麸 15.7%，食盐 0.3%，肉牛添加剂 1.0%（粗纤维饲料另计）。

② 黄玉米 58.0%，棉仁饼 20.0%，豆饼 8.0%，小麦麸

13%，食盐 0.2%，肉牛添加剂 0.8%（粗纤维饲料另计）。

③ 黄玉米 52.0%，棉仁饼 25.0%，豆饼 8.0%，小麦麸 14%，食盐 0.2%，肉牛添加剂 0.8%（粗纤维饲料另计）。

④ 黄玉米 52.0%，棉仁饼 34.0%，小麦麸 12.7%，食盐 0.3%，肉牛添加剂 1.0%（粗纤维饲料另计）。

第七节　华北地区育肥牛的日粮配方

多少年来，华北地区的劳动人民经过长期的生产实践，总结出许多实用的肉牛日粮配方，它包括精饲料和粗饲料的日粮配制。日粮配制又根据牛的品种、年龄、体重、育肥期长短和育肥期的不同阶段的不同而不同。华北地区日粮配方的主要原料有：玉米、麸子、棉籽饼（粕）和玉米秸秆等。

1. 饲养 350 千克以上的南牛系列品种的日粮配制

350 千克以上的南牛育肥属于短期育肥，常使用的育肥方法称阶段肥育法，即精饲料起点高，饲养过程中逐渐增加精饲料比例的一种育肥方法。在肉牛的实际生产中，人为地将阶段肥育法分育肥前期、育肥中期、育肥后期三个阶段。

① 育肥前期也叫适应期。时间为 15 天，日精饲料的用量为活体重的 1.0%。

② 育肥中期。时间为 90 天，日精饲料的用量为活体重的 1.3%。

③ 育肥后期也叫强度催肥期。时间为 45 天，日精饲料的添加量为活体重的 1.5%［以上日粗饲料按折合成干物质重量计算，粗饲料的干物质重量与青贮秸秆的重量换算比例为（2.8～3.8）：1］。表 9-13 所列是饲养 350 千克以上的南牛日粮参照配制表一。

表 9-13　350 千克以上的南牛系列品种的日粮配制一（阶段肥育法）

天数	1～3	4～10	11～30	31～60	61～120	121～150
精料用量/千克	0.6%	1.0%	1.2%	1.4%	1.5%	1.6%
粗饲料用量/千克	1.5%	1.5%	1.4%	1.3%	1.2%	0.8%～1.0%

注：表中%是指日粮占家畜活重的比例，粗饲料用量指干秸秆的重量。

350 千克以上南牛的育肥的另一种方法为一直肥育法，即：新引进的架子牛 1～3 天，精饲料的用量为活体重的 0.6%；4～30 天精饲料的用量为活体重的 1.0%；31～150 天精饲料的用量为活体重的 1.3%；所有育肥期内，粗饲料的用量和阶段肥育法的相似。表 9-14 所列为饲养 350 千克以上的南牛日粮参照配制表二。

表 9-14　350 千克以上的南牛系列品种的日粮配制二（一直肥育法）

天数	1～3	4～10	11～20	21～80	81～120	121～150
精料用量/千克	0.6%	0.9%	1.2%	1.3%	1.3%	1.6%
粗饲料用量/千克	1.5%	1.4%	1.4%	1.3%	1.1%	0.8%～1.0%

注：表中%指日粮占家畜活重的比例，粗饲料用量指干秸秆的重量。

2. 饲养 150 千克和 300 千克以上改良牛的日粮配制

150 千克改良牛的日粮配制有两种方法。一种是一直肥育法（见表 9-15、表 9-16），其精饲料的使用量一直为体重的固定百分率。架子牛从购入到育成出栏，日精饲料添加量又根据品种和体重的不同而有所不同，一般来说，南牛系列品种的日粮要求为体重的 1.3%～1.8%，改良牛为体重的 0.9%～1.3%，蒙古牛为体重的 0.7%～1.0%。另一种是阶段肥育法（也称前粗后精肥育法，见表 9-17），阶段肥育法中前期精饲料添加量可适当少一些，后期精饲料添加量可适当增加一些。

表 9-15　150 千克以上改良牛的日粮配制（一直肥育法）

天数	1～3	4～10	11～30	31～80	81～150	151～200
精料用量/千克	0.6%	1.0%	1.2%	1.2%	1.2%	1.2%
粗饲料用量/千克	1.5%	1.4%	1.2%	1.0%	1.0%	1.0%

注：表中%指日粮占家畜活重的比例，粗饲料用量指干秸秆的重量。

表 9-16　300 千克以上改良牛的日粮配制（一直肥育法）

天数	1～3	4～10	11～30	30～60	61～90	91～120
精料用量/千克	0.6%	1.0%	1.0%	1.2%	1.2%	1.4%
粗饲料用量/千克	1.5%	1.5%	1.3%	1.2%	1.1%	1.0%

注：表中%指日粮占家畜活重的比例，粗饲料用量指干秸秆的重量。

表9-17　200千克以上改良牛的日粮配制（前粗后精肥育法）

天数	1～3	4～10	11～30	31～80	81～150	151～200
精料用量/千克	0.6%	0.8%	0.8%	1.0%	1.0%	1.4%
粗饲料用量/千克	1.5%	1.4%	1.3%	1.1%	1.0%	1.0%

注：表中%指日粮占家畜活重的比例，粗饲料用量指干秸秆的重量。

3. 150千克和300千克以上蒙古牛的日粮配制

150千克蒙古牛的日粮配制有两种方法，一种是一直肥育法，另一种是阶段育肥法（前粗后精肥法）；它的日粮配制方式同改良牛的日粮配制基本相似，都是利用活体牛体重测算日粮的使用数量。一般情况下，小牛日粮用量为体重的2.4%～2.8%，大牛用量为体重的2.0%～2.4%。但300千克以上蒙古牛的日粮配制使用以一直肥育法效果较好，即：高配量精料，短时间内迅速催肥。如表9-18和表9-19是150千克和300千克以上的蒙古牛日粮配制参考。

表9-18　150千克蒙古牛的日粮配制（一直肥育法）

天数	1～3	4～10	11～30	30～50	51～70	71～90
精料用量/千克	0.4%	0.7%	0.9%	1.0%	1.0%	1.0%
粗饲料用量/千克	1.5%	1.5%	1.3%	1.1%	1.0%	0.9%

注：表中%指日粮占家畜活重的比例，粗饲料用量指干秸秆的重量。

表9-19　300千克蒙古牛的日粮配制（一直肥育法）

天数	1～3	4～10	11～30	31～50	51～70	71～90
精料用量/千克	0.5%	0.8%	1.0%	1.0%	1.0%	1.2%
粗饲料用量/千克	1.5%	1.5%	1.3%	1.1%	1.0%	1.0%

注：表中%指日粮占家畜活重的比例，粗饲料用量指干秸秆的重量。

从以上肉牛不同品种的日粮配制得出结论：肉牛在实际生产过程中，它的日粮配制并不是固定不变的，只不过是饲料原料品种间量的变化，并且量的变化在一定的区间范围内，是可以通过品种间量的变化降低饲料成本的。

第十章　高档牛肉的生产要求

(高品质肉牛是生产高档牛肉的前提，也是养殖场提高经济效益的重要途径。通过对本章节的学习，可了解到：优质肉牛，不但要品种优秀，还应该在年龄上有所选择，再加上全衡的营养配方和对性功能的限制，才能够生产出合格的优质产品。)

根据牛肉屠宰加工户和市场的需求，我国将牛肉质量档次按市场要求，根据脂肪的含量，将牛肉划分为 S 级、A 级、B 级、C 级、F 级和一般牛肉等 6 个级别，其中 S 级、A 级泛指牛前肩至后臀肩的背部脂肪沉积超过 0.8 厘米的部位肉，且肌间脂肪蓄积良好，为牛肉的最尖端产品（高档肉）；背部脂肪沉积低于 0.8 厘米，高于 0.4 厘米，且肌间脂肪蓄积较好的称为 B 级；低于 0.4 厘米的，肌间脂肪蓄积不明显的，与优质腹肉统称为 C 级；皮下脂肪沉积很少，感官检查不能发现肌间脂肪的称为 F 级。而日本的分级标准为三大级、15 小级，其中 A5 级最好；美国的分级标准为 7 级；欧共体根据胴体的结构和肥度来划分为 7 个等级。当前屠宰行业、消费市场追求的是日本 A3 以上级的牛肉及我国高档级牛肉。日本 A5 级牛肉饭店售出价为每千克 3400～3500 元；我国高档级牛肉饭店进货价为每千克 400～800 元。所以，高档牛肉巨大的利润空间，吸引了众多的养牛爱好者饲养高品质肉牛。

第一节　肉牛品种的要求

一、选择具有生产高档牛肉潜力的肉牛品种

一般来讲，生产高档牛肉的品种具有一定的固定性，例如纯种的秦川牛、晋南牛、鲁西牛、南阳牛、延边牛、郏县红牛、渤海黑牛、草原红牛、新疆褐牛、三河牛、科尔沁牛等品种，经过强度育肥后，高档牛肉生产比例明显高于其他牛种；而以上述品种为母本与引入纯

种肉牛的杂交体经过强度育肥后也可生产高档牛肉（包括一些没有改良的地方品种）；而怀孕期4～5个月母牛的高档肉出成率最高。

二、选择增重较快的品种

肉牛在育肥期内的增重速度，各品种间存在较大的差别，某育肥牛场同等育肥条件下总结的利木赞牛（♂）和鲁西牛（♀）杂交一代牛、西门塔尔牛（♂）和鲁西牛（♀）杂交一代牛、夏洛莱牛（♂）和鲁西牛（♀）杂交一代牛、鲁西纯种牛4个品种牛育肥180天的增重结果，各品种间有较大的差别，但杂交牛的肉质明显高于纯种牛。

三、选择牛肉品质优良的品种

有较多的因素影响育肥牛牛肉品质，例如育肥牛的性别、育肥牛的年龄、育肥牛品种、育肥时间、饲料质量、管理方法等。各品种牛的牛肉不仅肉块重量有差异，牛肉品质的差异更大，由于牛肉品质的差异，牛肉的价格也相差10％～40％。例如：鲁西牛、晋南牛、秦川牛、南阳牛，它们及其杂交后代的牛肉市场销售价格明显高于改良牛。所以说，肉牛的品种决定着牛肉品质。

我国的良种黄牛的高档部位肉重量约为屠宰牛活重的4.8％，其产值达到整头牛产值的98％以上，显示了饲养优良品种生产高档牛肉获得较高利润的优势。

四、选择饲养效益较好的品种

育肥牛品种间增重潜力存在较大的差异，每增重1千克体重的饲料用量也不尽相同，因此各品种牛育肥时的饲养效益存在差异。据调查，我国部分黄牛纯种阉公牛饲料报酬（千克/千克活重）的排序为晋南5.45、秦川牛5.66、鲁西牛5.89、延边牛5.94、南阳牛5.98；公牛育肥时精饲料的报酬为复州牛5.22、渤海黑牛5.31、郏县红牛5.88（表10-1）。我国黄牛育肥期日增重水平、饲料报酬不如国外肉用品种牛，也不如国外肉用品种牛和我国黄牛的杂交牛。

表10-1　育肥牛品种和增重

牛品种	头数	日增重/克	精饲料报酬/（千克/千克活重）	备　注
晋南牛	53	782	5.45	阉公牛，育肥期14个月

续表

牛品种	头数	日增重/克	精饲料报酬/(千克/千克活重)	备　注
秦川牛	54	749	5.66	阉公牛,育肥期 14 个月
鲁西牛	25	669	5.89	阉公牛,育肥期 14 个月
南阳牛	26	622	5.98	阉公牛,育肥期 14 个月
延边牛	10	822	5.94	阉公牛,育肥期 12 个月
复州牛	10	896	5.22	公牛,育肥期 12 个月
渤海黑牛	12	883	5.31	公牛,育肥期 12 个月
郏县红牛	35	788	5.88	公牛,育肥期 12 个月

第二节　肉牛年龄的要求

育肥牛的饲养效益和育肥牛的增重有关，也和饲料利用效率有关，增重和饲料利用率均与牛的年龄有关。一般情况：①育肥牛处在生长期。育肥牛第 2 年的增重效果比第 1 年好，因此育肥牛第 2 年的饲养效益比第 1 年高；第 3 年的饲养效益又比第 2 年高。②生长与沉积脂肪同时进行。育肥牛随年龄的增大而增重缓慢减少，因此饲养效益第 1 年比第 2 年低；第 3 年的饲养效益又比第 2 年低。

一、合理把握肉牛的饲养时间

育肥牛的年龄和饲养期、生产目标与肉牛的产品质量有关。一般来说 15 个月以内的肉牛正处在生长期，生产高档（高价）牛肉时，饲养期最长；15 个月以后的肉牛，机体生长与沉积脂肪同时进行，生产高档（高价）牛肉时，饲养期较长；24 个月以后的肉牛，在饲料高水平的情况下，既有较高的增重，又能沉积大量的脂肪，获得高档（高价）牛肉可能性较大，但强度育肥期过短，也不能生产出高档牛肉。因此，高质量的肉牛是在 3 个月快速育肥的基础上，再进行强度催肥 45 天，就有可能生产出高质量的牛肉。

二、牛肉品质与年龄的控制

饲养育肥肉牛的经济效益与牛的年龄也有密切的关系，这首先是由于牛的增重速度随牛年龄而变化，出生到 18～24 月龄是牛的生长高峰期；其次，肉牛体内脂肪的沉积的最适宜期为 24～36 月龄；第三，牛的年龄影响牛肉的品质，低品质的牛肉不会有较高的价格。

经有关研究机构测定，育肥牛牛肉嫩度随着年龄的增加而变老。具体情况见表 10-2。

表 10-2　不同年龄育肥牛的牛肉剪切值（千克）出现率统计表

单位：%

永久齿数	测定次数	$x \leqslant 2.26$		$2.26 \leqslant x \leqslant 3.62$		$3.62 \leqslant x \leqslant 4.78$		$x \geqslant 4.78$	
		对照组	实验组	对照组	实验组	对照组	实验组	对照组	实验组
0	50	4.3	6.0	17.4	58.0	28.4	26.0	52.9	10.0
1 对	150	2.7	8.7	19.3	48.0	28.7	26.0	49.3	17.3
2 对	170	0.6	10.6	19.4	39.4	24.1	26.5	55.5	23.5
3 对	10	—	—	10.0	50.0	40.0	40.0	50.0	10.0
合计	380	1.3	8.9	17.4	45.5	28.4	26.6	26.6	18.9

我国黄牛在较好的饲养条件下育肥时，即使牛的年龄偏大（48～60 月龄），体内背腹部脂肪沉积和肌肉纤维脂肪沉积速度仍然较快，沉积量仍然较多，因此，目前在制作肥牛肉片（涮肥牛）时用年龄较大的牛也能收到较好的经济效益。结合我国黄牛的实际把纯种育肥牛的年龄确定为 36～48 个月，大于 48 月龄的牛生产高档肉的比例低于最佳阶段；杂交牛育肥的年龄确定为出生后 24～36 个月。具体情况请参考第五章第三节。

第三节　肉牛性别的要求

肉牛生产的目的是生产出高质量的牛肉，而公牛是获取牛肉产品的主要对象。公牛以性格暴躁凶悍著称，育肥过程中经常伤害饲养人员，损坏牛舍和设备；另外，公牛的肉品质不如阉公牛好，阉割后牛肉表现嫩度良好、肉色秀美、质地细腻、脂肪沉积好，"雪花状"的高档肉出现概率明显提高。因此，做好公牛的技术处理工作是相当重要的。

公牛体内雄性激素的含量是影响生长速度的重要因素。公牛去势前的雄性激素明显高于去势后的含量，因此 36 个月以前的公牛生长速度明显高于去势牛。但雄性激素又强烈影响牛肉的品质，体内雄性激素越少，肌肉就越细腻、嫩度越好、脂肪就越容易沉积到肌肉中去，从而容易形成"大理石"或"雪花状"纹理，所以说，公牛去势后，比不去势牛更具有生产潜力。但决定收益的"肉量"与"肉质"在一定程度上既对立又统一；不去势是通过生长速度增加产肉量获益，去势是通过提高肉的质量获益。要保持"肉量"与"肉质"的统一，就需要在肉牛的性别上做不同的处理，既要肉质好，又要生长快的最佳去势时期为 8～14 个月，在这个时期，去势越早，肉质越好，生长就相对缓慢，就越容易出现脂肪纹理；相反，去势越晚，越能获得较大的增重，但牛肉的质地就越粗糙。另外，去势能使牛变得温顺，使其在散养的条件下能有效地防止争斗、伤残。所以，公牛去势对提高牛肉质量有着重要作用，但要注意去势后仍需 5 个月的强度育肥。

另外，成年母牛也可生产高档牛肉，但必须具备一定的条件，如：非改良种的母牛，年龄超过 2.5 岁，孕期超过 4.5 个月的，在中等营养水平下，便可生产出高档牛肉；并且，高档肉的出成率为总养殖量的 42%。具体情况参考第六章第三节。

第四节　日粮的营养要求

肉牛催肥的目的是生产高质量的产品。由于肉牛育肥是以架子牛异地育肥为主，大多数规模养殖场在选购架子牛时，体重大多在 250 千克以上，年龄超过 12 个月；此阶段，架子牛的生长发育基本上越过了生长速度最快的时期；随后，便是生长与脂肪蓄积同时进行阶段，这就需要给肉牛以高能量、高蛋白的全衡日粮配制，做到肉牛需要什么给什么，需要多少给多少，而不是"有啥吃啥"。

畜牧工作者为了使肉牛达到最佳的生产效果，经过多年实践和研究，对不同种类、年龄、性别、体重、生理状况、生产目的的肉牛制定了饲养标准，它是养殖专业户、饲养场在生产上为肉牛提供营养日粮的行动指南。但无论哪种饲料标准，都只是反映了肉牛对各种营养物质需求的近似值，加之科学进展，饲养标准也不是一成不变的。而肉牛短期催肥是对营养成分要求最高的阶段，高蛋白、高营养且营养成分均衡时，是保证肉牛快速增长和脂肪沉积的必要条件。

　　所以，要想提高肉牛的养殖水平，就必须从肉牛的日粮配制入手，供给肉牛足够高的营养成分，才能够满足肉牛后期的生长和脂肪沉积的需要。因此，要按照肉牛的营养需求科学地配制高质量的饲料是相当重要的。具体营养配方参考第九章。

第十一章 提高肉牛养殖效益的主要途径

（要想提高肉牛养殖的经济效益，就必须了解市场的基本情况，从饲料成本、生产节约、适价购买牛源、市场营销、无公害生产等各个养殖环节入手，科学合理地安排生产，以获取肉牛养殖的最大经济回报。）

第一节　科学有效地降低养殖成本

在肉牛正常的饲养管理过程中，如何科学有效地降低养殖成本，是养殖场提高肉牛养殖效益的主要方式之一。它是在加强成本核算的前提下，科学地进行饲养管理，合理调配饲料，紧凑地安排劳力，并在例行节约的基础上，合理安排和发展肉牛养殖。

一、加强成本核算，降低养殖成本

要想使肉牛养殖场创造更大的经济效益，就必须有科学的生产流程，配套人、财、物管理制度，在完成总产设计计划和各项指标的前提下，加强成本核算，努力降低成本，这是肉牛生产经济管理的一个重要方面。通过成本核算，可以及时发现一些问题。例如：通过对肉牛耗料量与增长速度、饲料价格与销售价格的比较，预测适时出栏的时间和估算养殖场的经济效益。又如饲料费用的上升和肉牛日增重量的下降都会导致肉牛养殖成本的上升。而饲料费用的上升，一种可能是饲料价格的上涨，另一种可能是浪费饲料引起的；对于肉牛日增重量的下降，一种是有可能饲料品质下降，另一种可能是受到疫病的影响，也可能是环境质量下降所致。总之，通过分析，可以寻找到成本加大的原因，并能够及时根据实际情况采取相应措施加以解决。

二、提高饲料的有效利用率

饲料费用是肉牛生产成本中开支较大的项目，约占养牛成本的35%～45%。而在实际生产中，由于饲养管理不严格，饲料配合和使用不当，常常造成饲料的大的浪费，浪费量占总用量的5%～10%，从而影响养殖效益。因此，减少饲料浪费是降低生产成本、提高养殖利润的有效途径。具体控制方法如下所述。

1. 做好饲料的保管工作

饲料会因日晒、雨淋、受潮、发热、霉变、生虫等原因造成损失。所以，饲料应储存在干燥、通风处地上20厘米的木架上，并将室内温度控制在13℃以下，相对湿度60%以下；这样做，既可以防止细菌、霉菌的生长，又可以避免饲料受污染和营养价值下降。

2. 对病、弱、残牛的处理

及时淘汰病牛、弱牛、残牛和没有饲养价值的牛，是减少不必要浪费、降低饲料成本的必要手段。

3. 做好灭鼠、防鸟工作

一只老鼠一年可吃掉6～7.5千克饲料，它的粪便又直接污染10倍于自食饲料，而且又是疾病的传播者，所以，肉牛养殖场要定期灭鼠。此外，麻雀等野生鸟类也可以增加饲料不必要的浪费，造成疾病流行传播。

4. 做好肉牛的防疫驱虫工作

肉牛疫病是增加养殖成本、降低养殖利润的关键因素。一是牛群患了某种传染病后，将直接影响肉牛的采食量，继而影响肉牛的生长发育，甚至引起牛只死亡，提高单只牛的饲养成本；二是牛群感染寄生虫病后，不但要消耗牛体的能量，还会因损坏消化道黏膜而影响饲料的消化吸收，从而降低饲料的利用率。所以，定期防疫和驱虫对减少饲料浪费是相当重要的。

5. 合理地使用饲料添加剂

传统的肉牛饲养几乎忽视了所有的维生素和微量元素的添加，致使肉牛生长缓慢，延长了育肥时间，肌间脂肪蓄积少，肌肉纤维老化，产品市场价格低。合理地使用饲料添加剂，不但缩短了肉牛的育肥时间，增加了肌间脂肪的含量，而且改变了肌肉的性质，致使肌肉颜色变美、嫩度增加、味觉可口，从而有效地提高了产品的

价格。所以，合理地使用饲料添加剂，是增加肉牛养殖效益的有效途径。

6. 确保环境的最佳状态

按标准确保牛舍温度、湿度、光照、空气质量的最佳状态，以提高饲料的利用率，加快肉牛生长发育的速度。

7. 把握最佳出栏时期

肉牛生长的后期，增重速度减慢，而饲料消耗增加。因此，做好饲养记录，并进行数据分析，当饲料消耗的价值超过体重增加的价值时，迅速做出栏处理。

三、合理设岗和配置设备

现在的肉牛养殖，不再是过去那种单凭廉价劳动力和牛肉的高价格获取利润的时代，取而代之的是要变廉价劳动力为靠运用先进技术和管理知识进行科学决策和管理，靠集约化大生产降低生产成本来赢得市场，以获取最大的经济效益。所以，养殖场应按着岗位优化的原则，科学合理地配置工作人员。

1. 养殖场的人员设置

养殖场的人员设计要紧凑合理。一般来说，规模肉牛饲养场应按每35头牛一个劳力的标准设置。

2. 设备购置

一般的肉牛饲养场除了食槽、水槽、消毒器械、水源等常用设施外，还应该配置发电机、水井、铡草机、粉碎机等必要设备，以便生产使用。

四、做好养殖场的饲养管理工作

养殖场的饲养管理包括饲养时水料系统保障、牛舍环境系统的控制、疫病防控系统建设、养殖设备破损系统的修复等四个方面。

1. 饲养时水料系统保障

饲养时水料系统保障是完成肉牛生产的前提条件，是肉牛生产的基本需求。饲料营养不足，造成肉牛生长缓慢；饲料营养过高，造成不必要的浪费。所以，养殖者要根据肉牛的营养标准，给牛以足量的优质饲料，保证供水，这是加快肉牛生长发育的基础。

2. 牛舍环境系统的控制

良好的饲养环境是保证肉牛正常生长发育，提高养殖效益的基本保障。所以，按照肉牛对环境的要求，人为地控制牛舍的环境，以确保肉牛在适宜的环境下健康生长。

3. 疫病防控系统建设

疫病是影响肉牛健康生产的最关键环节。大的规模肉牛养殖场，一般都配有专业兽医，在疫病防控方面问题不大。而其他形式的肉牛养殖户在肉牛生产过程中，疫病对养殖的威胁很大；所以，应该与当地的防疫机构广泛地建立联系，按着肉牛疫病防疫规范进行操作，以防止疫病的发生。

4. 养殖设备破损系统的修复

肉牛的生产设备在长期的使用过程中，很容易出现毁坏、破损等现象，如食槽漏料，水槽缺水，铡草机、粉碎机效果差等，这些情况不仅造成饲料浪费，而且改变了饲养品质，进而影响到肉牛的生长发育。所以，重视对养殖设备破损系统的修复是相当必要的。

第二节　做好肉牛市场的营销工作

营销的真正目的就是比竞争对手更加有利润地满足顾客的需要。在当前肉牛市场激烈竞争的前提下，肉牛生产是以获取较高的经济效益为目的。其产品投入市场后，它的质量优劣、价格的高低，决定了产品的销售情况，所取得的利润的多少与牛场的生存、发展息息相关。农户要想从事养牛事业，就必须了解市场，并寻求良好的牛源保障和稳定的销售渠道，在确保效益的前提下，才会从事这个行业，这就是市场营销。所以，营销对一个养殖者来说是非常重要的。养殖者要想搞好营销，就必须从以下几个方面入手。

一、做好市场调查，确定发展思路

在养牛之前，你首先要考虑的问题是到哪里去买到架子牛？什么时间去买？买什么品种？价格如何？年龄控制在什么阶段？育肥后销到哪里？价格如何？厂家有多大需要量？出栏的肉牛有没有利润？利润是多少？这就决定你要不要养牛，每批养多少？同时还必须做好以下几个方面的工作。

① 按预先设计时间准时出栏屠宰。如果超过了预定的饲养期屠宰，在饲料、费用等方面会有很大的浪费。

② 进行规模化生产。肉牛产业经过近三十年的激烈竞争，架子牛再次育肥的单只利润已降得很低，如果说 2005 年以前养一头肉牛每月能赚 300 元以上，目前也仅在 200 元左右。而一个劳力只有饲养 35 头牛以上才可能获得利润。所以只有规模生产，才能获得理想的养殖收益。

二、准确掌握市场信息，合理安排生产

养殖户要根据春、秋两季架子牛集中上市的特点，针对本地的屠宰需求情况，选择那些具有育肥潜力的品种架子牛作为生产主体，合理设计和安排生产，以降低架子牛的购买成本和有针对性地选择肉牛品种。目前，市场上最受欢迎的品种牛以秦川牛、晋南牛、鲁西牛、南阳牛、延边牛、郏县红牛、渤海黑牛、新疆褐牛、复州牛的品种牛和安格斯牛，还有蒙古草原红牛、三河牛、科尔沁牛为主；改良牛以西门塔尔、夏洛莱、利木赞为主；另外也可以饲养一些地方性改良品种和其他蒙古牛杂交后代。以确保强度育肥后的产品质量。

三、寻求信誉好的需求厂家，增加经济收入

在市场经济快速发展的今天，养牛者和肉牛收购厂家数量众多，竞争不可避免。可以从众多的肉牛收购商中筛选价格最高、信誉最好的厂家，与他们签订合同，并建立长期肉牛供求关系。这对养牛场的发展是至关重要的。

四、合理设定肉牛养殖场的建设水平

建立一个肉牛场就是建立了一个企业。在充满竞争的市场经济条件下，企业不发展就会灭亡。所以从企业建立开始，就必须考虑企业的发展。企业的发展方向取决于当地的市场条件和企业的核心竞争力。如果当地具备很好的市场条件，并且想长期从事肉牛生产，就需建设高水平的肉牛养殖场；否则，就可以建立水平较低的

养殖场，如简易养殖场或临时性养殖场。但发展主要依靠掌握市场条件。

第三节 发展绿色健康的无公害产品

随着人类文明的进步和社会经济的发展，食品安全越来越受到人们的重视，特别是牛肉质量的安全问题已成为决定产品竞争能力和产品价格的主要因素。因此，产品质量好，销售渠道就畅通，价格也高；产品质量低劣，价格再低也不受市场欢迎。

目前，有的养殖户为了提高养殖效益，违规、无序地在饲料中使用激素、抗生素和其他药物添加剂，又不按规定的时间停药，致使上市牛肉含有大量的药物残留，严重地危害着人类的健康。

在国际市场上，顾客对产品的质量要求十分严格，重点是药物残留量和产品的污染程度，已成为难以逾越的技术性贸易堡垒。前几年，我国牛肉产品曾因药物残留量和细菌污染遭到部分国家的全面封杀；为此，我国政府于 2009 年出台了《中华人民共和国食品安全法》，制定了绿色食品的质量标准，并对食品加强安全监管，确保牛肉及牛肉产品的安全性。

因此，饲料添加剂的使用必须符合生产绿色食品的饲料添加剂使用准则，滥用抗生素类添加剂或者非法使用如催眠镇静剂、激素或激素样物质等，都会导致这类药物在牛肉中残留超标。所以生产绿色安全的牛肉应尽量应用可替代抗生素、促生长激素的新型生物制剂，如益生素、酸化剂、酶制剂、中草药、寡糖、磷脂、类脂及腐殖酸等纯天然物质，以保证产品的质量。

我国正处在社会主义新农村的发展阶段，肉牛产业也将逐渐走向专业化、集约化和产业化生产；这为肉牛产业向生态养殖、健康养殖，生产绿色无公害食品创造了条件。所以，生产绿色健康的无公害牛肉产品，既能提高产品价格，也符合 21 世纪肉牛业的发展要求。

第十二章　育肥牛的饲养管理技术

[本章节从育肥牛（架子牛）的选购、育肥管理、架子牛育肥后出栏时间的确定等三个方面简单介绍了我国肉牛肥育的基本技术。针对市场上种类繁多的肉牛杂交后代，以特征明显的、育肥价值大的架子牛采购为案例，讲述了优质架子牛采购的基本技术，这是养殖户获取最大经济效益的前提；科学合理地进行饲养管理，准确地把握出栏时间，是获得最大经济效益的关键。]

目前，我国肉牛育肥主要以架子牛为主。架子牛指年龄在 6 个月以上的、以强度育肥为主要生产目的的各类牛只，它包括淘汰母牛和淘汰种公牛。肥育普遍采取的方式为短期快速育肥，又称强度肥育。在通常状态下南牛、改良牛和蒙古牛多以一直肥育方式为主，也可使用前粗后精肥育方式。但两种方式实际是前粗后精、后期集中育肥的一种变体形式。以下将从四个方面介绍架子牛肥育的基本技术。

第一节　肉牛育肥的基本原理

肉牛育肥的目的是为了增加屠宰牛的肉和脂肪的数量，改善肉的品质。从生产者的角度讲，是为了使牛的生长发育、遗传潜力尽量发挥完全，提高育成牛屠宰后高档部位肉的出成率，而投入的生产成本又比较适宜。

要使牛尽快育肥，在饲喂时给牛的营养物质必须高于维持和正常生长发育的需要，所以牛的育肥又称过量饲养；根据牛的生长发育规律，过量饲养的营养物质直接导致牛体内获得最大能量的积累，致使肌肉、脂肪的结构和成分迅速发生变化，肌肉变粗，肌间脂肪增多；屠宰后表现芳香味增浓，嫩度加强，颜色秀美。

牛的育肥实际上是阶段性地利用牛的生长发育规律。因此，影响牛生长发育的因素，就是选择育肥技术时需要考虑的因素。

第二节 育肥牛的选购

肉牛在育肥过程中架子牛的选购是相当重要的，它直接影响养殖场肉牛育肥的速度和生产质量，从而间接地影响养殖场的经济收益，所以在选购架子牛时一定要严把质量关（图12-1、图12-2）。

图12-1 架子牛育肥车间　　　　　图12-2 育肥后的肉牛

育肥架子牛在收购时应考虑的内容包括品种、性别、年龄、体重、牛体健康状况和育肥后销售对象等。因为在相同的饲养管理条件下，杂种牛的增重、饲料转化率和产肉性能都要优于我国地方黄牛，而我国大中型屠宰加工厂又以收购黄牛为主。所以，要想在养牛中获取大的经济效益，就必须把握好以下四个方面的内容。

（1）品种关　品种要选育肥效果最好的，如国内地方秦川牛、晋南牛、鲁西牛、南阳牛、延边牛、郏县红牛、渤海黑牛、新疆褐牛、草原红牛、三河牛、科尔沁牛；改良品种西门塔尔、利木赞、夏洛莱、海福特等，这些品种不但生长速度快，而且肉质好，深受屠宰加工户和肥牛生产商的欢迎。

对于饲养蒙古牛的养殖户，在肉牛交易市场选购蒙古牛品种时，应以显示西门塔尔、海福特、夏洛莱、利木赞等品种的主要性状为主；这些品种的杂交后代具有生长快、料肉比低、肉质细腻等优点，深受广大屠宰场的喜爱。如图12-3～图12-8是生产性能良好的西门塔尔牛后代参考图。

养殖户在选购架子牛时，尽量选购那些中等膘情以上或具有育

图 12-3 性状明显的四方嘴唇

图 12-4 性状明显的白眼圈

图 12-5 性状明显的白色前额

图 12-6 性状明显的颈部特点

图 12-7 性状明显的白鼻盘

图 12-8 性状明显的白色犄角

肥价值且膘情好的品种牛。如图 12-9～图 12-11 是一组需要育肥的品种牛图。

（2）年龄关 育肥牛最好选择 2.5～4 岁之间，体重在 300 千克以上。这个时期的育肥牛饲料报酬最高，肉质最好。

图 12-9　需要育肥的腰部特征　　图 12-10　需要育肥的颈肩部特征

图 12-11　需要育肥的腹部特征

（3）个体健康关　选购育肥牛，一定要选择精神状态好，中等膘情且健康无病的牛，神经质的牛应除外。

（4）外形关　要育肥的牛，四肢与躯体较长，十字部略高于体高，后肢飞节高，皮松毛密软。

目前，中国肉牛饲养主要以架子牛为主。肥育普遍采取的方式为短期快速育肥，又称强度肥育。所以在选择架子牛时是根据育肥时间来确定品种、重量、年龄。一是育肥期三个月，选购架子牛的体重在 350 千克左右，年龄 1 岁左右，主要品种为蒙古牛和改良牛，出栏时体重可达到 500 千克。二是育肥期 5 个月，架子牛的体重在 250 千克，年龄 9 个月左右，主要品种为蒙古牛和改良牛，出栏时体重达到 450 千克；或架子牛的体重在 300～400 千克，年龄 2 岁左右，主要品种为鲁西黄牛、南阳牛、秦川牛、晋南牛、蒙古牛五个南牛系列品种，出栏时体重达到 500～600 千克。三是育肥期 10 个月，架子牛的体重 150 千克，年龄 6 个月左右，主要品种为蒙古牛、改良牛和南牛，出栏时体重可达 500 千克。

所以，在一般情况下，养殖场选购架子牛常以中等膘情以上的架子牛作为选购对象。中等膘情以上的架子牛生理状况良好，最直接的表现是牛只健康且自身的生长发育良好，只是因为饲养习惯使日粮中精饲料的含量达不到生长要求，而表现出的膘情中等，适合育肥场育肥。对那些膘情不好的架子牛，首先应了解它影响膘情的原因，对那些由于饲料营养缺乏而造成的膘情不好的牛，可以作为养殖场的选购对象；但由于疾病影响而造成的瘦牛、残牛或弱牛，不予收购，以避免给养殖场带来经济损失。

蒙古牛是全国最大的架子牛改良品系之一。品种遍布内蒙古、东北三省、甘肃、宁夏、新疆、河北等地。蒙古犊牛经过自然放牧后，体重超过150千克以上时便流向育肥市场；由于其生长环境和自身的发育特点，架子牛一直以短期异地育肥为主，时间多为3～4个月，日粮中精料使用比例低，短期育肥生长迅速。架子牛育肥时间过长，生长速度和饲料利用率都有所降低，将直接降低养殖场的经济效益。如图12-12～图12-17所示是蒙古牛具有短期育肥意义的架子牛图片。

图12-12 改良后的东盟旗蒙古牛头型

图12-13 东盟旗蒙古牛的前部特点

图12-14 东盟旗蒙古牛胡萝卜状犄角

图12-15 祁盘山牛较长的八字形犄角

图 12-16　改良后的祁盘山母牛　　图 12-17　外表秀美的祁盘山牛群

第三节　育肥期管理

　　架子牛育肥效果的好坏，最直接的因素是饲养管理；新采购的架子牛，由于饲养地和饲料品质的改变，需要一定时间的过渡期，才能进入正常的生长发育阶段。架子牛育肥管理一般分为三个阶段：育肥前期、育肥中期、育肥后期。

一、育肥前期的饲养管理

　　此期是架子牛转入强化育肥的适应期。育肥前期的时间一般为15天左右，在饲料搭配上以优质粗饲料为主，适当增加食盐，并给予充足的饮水。育肥管理可分为以下几个步骤。

　　① 从市场（图 12-18）购回的架子牛经检查健康后称重（图12-19）、编号，然后送入事先消毒好的指定圈舍，填写畜禽养殖场

图 12-18　大规模肉牛交易市场　　图 12-19　入场前的称重通道

养殖档案，并隔离观察七天。观察期满无异常情况，可以送入养殖场地饲养；如在观察期出现异常情况，要及时地进行隔离、诊治、处理，然后再根据情况决定是否送入养殖场地饲养。

② 新购入的架子牛需要有一个适应期，由于长途运输和市场交易，胃肠内食物少，体内严重缺水，应激反应大，牛只表现疲惫，消化机能下降。所以，1～3 天的饮水应特别注意。第一次限制在 10～20 升之间，第二次在第一次饮水 3～4 小时后，之后可自由饮水，水中加些麦麸更好。

饮水充足后，可在第一次限量饲喂优质干草，按每头 4～5 千克（青贮按每头 10～15 千克），第二天、第三天逐渐加量，并开始添加精饲料，但要注意控制数量，以避免牛只暴饮暴食；四天后按预定饲料配方饲喂。此后，架子牛进入可自由采食阶段。

③ 分群、驱虫和疫病防治。为了保证育肥效果，新购入的架子牛在入场 7 天后，经临床检查健康且生理状态良好，可根据体重、年龄、品种进行合理分群，病牛、残牛、弱牛按预先制定的方案进行处理；之后，将分群后的架子牛进行第一次全面驱虫，5 天后，进行五号病疫苗的强制免疫，以促进牛体产生抗体。驱虫的具体方法见第十三章第三节。

④ 架子牛在育肥前期的健胃作用是非常重要的。一般在前 3～5 天，在日粮中添加"健胃散"，以达到疏通肠道、增加食欲和加快饲料的消化吸收等作用。具体日粮使用量参考第九章。

经过育肥前期的饲养管理，架子牛已基本适应本地的生产环境，生长、消化、吸收功能逐渐恢复正常。此时，可根据牛的体重、品种，重新编组进入下一阶段的饲养管理。

如图 12-20、图 12-21 所示为即将进入育肥中期的牛只。

二、育肥中期的饲养管理

此期的管理也叫育肥过渡期的饲养管理。时间 3 个月，育肥牛经过前期的饲养后，已完全适应各方面的条件，采食量逐渐增加，生长速度逐渐加快，此时应增加各种饲料的喂给量。具体标准为：日粮蛋白质含量达到 11%，精料日喂量达到体重的 1.0%～1.2%，粗饲料自由采食，以满足牛高速生长的需要。

育肥期的架子牛要有一定的适量运动，同时又要有一定的限制。运动可以增强牛的体质，提高消化能力，使其保持旺盛的食

图 12-20　即将进入育肥
中期的秦川牛

图 12-21　即将进入育肥
中期的夏洛莱牛

欲。限制牛的运动是为了减少牛能量的消耗，便于育肥。散养牛每头占地 7～9 平方米，但与拴养牛（图 12-22、图 12-23）相比，无论是从节省土地资源，还是从育肥效果来说，都存在着一定差距。

图 12-22　架子牛育肥中前期
的拴养牛舍

图 12-23　架子牛育肥中后期
的拴养牛舍

饲喂一般采取自由采食方式。自由采食不仅可以根据牛自身的营养需求采食到足够的饲料，又可以节约劳动力。目前，大多数养殖场采取日喂 2 次。

育肥中期要注意牛舍卫生，牛舍要每天保持清扫 2 次，上、下午各一次，每隔 15 天消毒一次。饲养期间，要定期按规定对牛进行疫病预防接种，预防程序应符合兽医免疫规定。

对于强度育肥的牛，在条件允许的情况下，每日要对牛体刷拭 2 次，可以促进牛体血液循环，增加牛的采食量。

合理使用增重剂也可以加速育肥，如瘤胃素等，通常以添加剂的形式与饲料混合在一起经口服用，一般每千克精料混合 40～60 毫克。最初喂量可低些，以后逐渐增加至需要量。但每头牛每天不能高于 360 毫克。

此时，对部分蒙古牛、改良牛和没有去势的南牛系列品种，经过中期饲养达到育肥效果的，肌肉再增粗和脂肪再沉积能力减弱，再进行强度育肥已没有任何意义，可做出栏准备。对还没有达到育肥目的的蒙古牛、改良牛和没有去势的南牛系列品种，或牛只个体比较大、去势的公牛、母牛，食欲旺盛，有增值潜力的，则转入强度催肥阶段。

三、育肥后期的饲养管理

此期的管理又称强度育肥或快速催肥的饲养管理（图 12-24、图 12-25）。时间 45 天左右，主要以增加脂肪沉积为主，高档部位肉"大理石花纹"和"雪花状"纹理就是在这个阶段产生的。所以，育肥要根据事先制定的方案确定架子牛育肥的品种，适合育肥生产高档部位肉的品种是：2.5 岁以上的中国"四大黄牛"品系、产犊 2 胎以上的淘汰母牛和部分去势的蒙古牛。这个时期，应调整日粮的能量和蛋白质比例，增加日粮中的能量饲料，减少日粮中的蛋白质饲料。具体做法是在较短时间内喂以较多的精饲料，让肌肉和肌肉间的脂肪迅速蓄积，以达到育肥的最佳效果。这种方法既能改善牛肉品质，提高牛肉商品率，减少精料消耗，又可增加资金周转次数，提高牛舍利用率，提高经济效益。

图 12-24　进入育肥后期的拴养牛舍　　图 12-25　进入育肥后期的散养牛舍

一般情况下，牛的日粮蛋白质含量为 10%，精料日喂量应在体重的 1.0%～1.6%之间。不同品种，精料日喂量不同，四大黄牛品系用量最多可达体重的 1.8%，改良牛次之，蒙古牛最少用量为体重的 0.8%～1.0%。下面是一组肉牛日粮精料配方：玉米粉 56%，棉籽饼 10%，麦麸 8%，青贮玉米秸秆 24.5%（以干物质计算），生长素 0.5%，食盐 0.5%，碳酸氢钠 0.5%。

目前，大多数养殖场采取日喂 2 次。但据有关专家介绍，在草原、山区放牧，晚上补饲精料一次，虽然增重效果略次于日喂 2 次，但饲料报酬明显提高；这种方法只限于草原、山区放牧使用，资金周转缓慢，育肥时间长，并且影响周期养殖利润。

饲料的饲喂顺序为：先喂粗料，后喂精料，最后饮水。

投料方式为：采用少添勤喂，一般早晨采食大，因此早晨饲喂时，第一次投料量要多，以防引起牛争料而顶撞斗架；晚上最后一次投料量也要多一些，因为牛有夜间采食的习惯。

饲喂时间为：牛在正常饲喂时，需用 1 个半小时完成一次采食周期。所以，习惯上早晨在 6～8 点，下午在 16～18 点之间自行调节。山区、草原以放牧为主的肉牛养殖户，可在每天下午 16～18 点之间进行补饲，精料的添加量为圈养总量的 30%；临近出栏前 35 天，进行圈养，日粮中精料的添加比例为圈养总量的 70%。

在肉牛育肥过程中，饲料更换会打乱牛原有的采食习惯，应采取 3～5 天的过渡期，逐渐让牛适应新更换的饲料；并要求饲养管理人员勤观察，发现问题，及时采取措施，以减少因更换饲料给养牛者带来的损失。一般情况下，禁止在育肥过程中更换饲料。如图 12-26、图 12-27 所示为架子牛日粮和配置车间图。

水是影响肉牛生长发育的重要因素之一，因此，牛采食完毕后要给予充足的饮水。

此期也要保持牛舍和牛体卫生，牛舍每天保持清扫 2 次，上、下午各一次，每 15 天消毒一次。且应按规定定期对牛进行疫病预防接种，预防程序应符合兽医免疫规程。

在其他管理方面，对于强度育肥的牛，在条件许可的情况下，每日可对牛体刷拭 2 次，体刷可提高牛体血液循环，增加牛的采食量。也可适当使用肉牛增重剂（可参考增重剂的使用方法）。

图 12-26　搅拌均匀的架子牛日粮

图 12-27　架子牛日粮配置车间

四、肉牛产品的安全生产

肉牛在出栏的最后阶段，骨骼和肌肉的生长已到达一定的程度，之后以脂肪蓄积为主。此时，饲料中的各种添加剂对肉牛的生长已没有多少意义，肉牛只需要通过日粮就能获得充足营养来满足脂肪沉积的要求。所以，在出栏前 10 天，养殖者就需要停止使用各种药物及添加剂，并根据后期肉牛对营养的需求，适当调换蛋白质与能量饲料的使用比例，而又不增加投资成本；这样，既节省了资本投入，又不影响牛体脂肪在肌肉中的沉积。

肉牛经过 10 天的物质代谢，机体中的重金属元素和其他药物残留基本上得到清除，此时肉牛做出栏处理，就能生产出安全放心的牛肉产品。

第四节　牛育肥后出栏时间的判定

架子牛出栏时间的判断，主要是由牛只在饲养过程中的外在表现状况决定。过早出栏，育肥牛的屠宰率低，高档肉的出成率低，浪费了肉牛资源；过晚出栏，浪费了饲料资源，增加了养殖成本。所以，正确地判断肉牛出栏时间也是养殖场增加经济效益的有效途径。

一是在育肥中期，部分蒙古牛、改良牛和没有去势的南牛系列品种，经过育肥，全身肌肉表现充实，臀部肌肉丰满，肌肉间脂肪蓄积能力消失，食欲低下，且日采食量低于正常消耗水平，饲养成本与产肉比持平或低于产肉比，这种牛可认为已达到育肥目的，再进行强度育肥没有意义，应做好出栏准备。

二是育肥后期，肉牛经过强度催肥后，表现全身皮毛自前向后或自后向前逐渐光亮，全身肌肉表现充实、弹性强，臀部丰满（图12-28），基部两裆之间缝隙逐渐缩小，由臀部尾根向前至腰部中鼎处两侧逐渐隆起，形成深度不等的肌脊沟（图12-29）；去势的南牛系列品种或个体比较大的母牛，用手触摸肌肉沟两侧有上下浮动的海绵体感觉，或如面团状，证明皮下聚集大量脂肪，腹部"嵌窝"近似消失。此时，肉牛出栏最为适宜。其屠宰表现为：体型及其胴体匀称、载肉量大，屠宰率、净肉率、成品肉率及高档肉率高；肉质细嫩，脂肪交杂比较密实丰富，肉色和脂肪色美观，风味独特。

 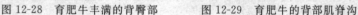 

图 12-28　育肥牛丰满的背臀部　　　图 12-29　育肥牛的背部肌脊沟

三是达到育肥要求的牛只，其颈部、背腰、后臀部都有特殊的外在表现。如图12-30～12-35所示为达到育肥要求的肉牛图例。

 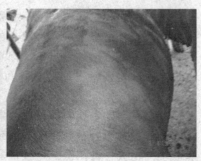

图 12-30　符合屠宰需求的颈部图　　　图 12-31　符合屠宰需求的中段图

图 12-32 符合屠宰需求的后部图

图 12-33 符合屠宰需求的臀部图

图 12-34 符合屠宰需求的背部图

图 12-35 育肥后的屠宰胴体图

　　育肥好的肉牛，经检疫、检验合格后，需经过 24 小时的禁食管理，在保证充足饮水的情况下，再进行屠宰加工。

第十三章 常见疫病的诊断与治疗

（肉牛在饲养管理过程中，常常因为环境和饲料变化而发生疫病，这些疫病如不及时加以控制和治疗，将直接影响肉牛的生长发育甚至导致死亡，造成养殖过程中不必要的损失。所以，有必要了解疫病的基本特征特性，掌握它们的发生发展规律，以确保肉牛生产正常进行。）

架子牛在正常的育肥过程中，疾病发生率很低。但新购入的架子牛，由于饲养环境发生变化，或长途运输造成机体抵抗能力下降以及饲养管理不当等原因，很容易引起疾病的发生。所以，在架子牛短期育肥时，应建立有效的安全保障体系，遵循以"预防为主、治疗为辅"的方针；坚持不到疫区采购，不购买残牛、弱牛、病牛，对新采购的架子牛认真作好隔离观察，及时发现病因，做到早发现、早治疗，以减少因疫病等因素造成的不必要损失。

第一节 内科疾病

内科病是架子牛育肥过程中常见疾病之一，主要原因是由于饲料品质低下，日粮配置不合理，气温突变和管理不当等因素造成的，它直接影响肉牛的育肥速度，降低经济效益。目前，较为常见的内科疾病有：前胃弛缓、瘤胃积食、瘤胃臌气、胃肠炎、创伤性心包炎和创伤性网胃炎等。

一、前胃弛缓

前胃弛缓是由于前胃兴奋性降低和收缩力减弱，致使前胃内容物排出延迟所引起的疾病。临床主要表现为食欲减退，前胃蠕动减弱或停止，缺乏反刍和嗳气，以及全身机能紊乱。

【病因】 主要由饲养管理不当造成。长期饲喂粗糙不易消化的饲料，或饲喂发霉、腐烂、变质的饲料；饲料使用单一或精料过多；突然更换饲料或饲料过热过凉，受寒感冒，过度劳役，饥饱不均等诸多因素，均可引起前胃消化机能紊乱而导致发病。另外，其他病也可继发前胃弛缓。

【症状】 临床症状分为急性和慢性两种。

急性：患畜精神委顿，食欲减退可废绝，反刍减少或停止，瘤胃蠕动微弱或消失，按压瘤胃感到松软，瘤胃常呈间歇性臌气，不采食不臌气，稍一采食则发生臌气。口腔潮红，唾液黏稠，气味难闻，先便秘后腹泻。体温、呼吸、脉搏正常。

慢性：慢性是由急性转来或继发于其他疾病。患畜食欲不振，反刍时有时无，瘤胃蠕动减弱，瘤胃经常性或慢性臌气，便秘和腹泻交换发生。病程较长时，病畜毛焦体瘦，倦怠乏力，多卧少立，严重者出现贫血、衰竭。

【诊断】 根据病史，食欲不振，反刍减少或停止，间歇性瘤胃臌气，瘤胃蠕动减少和无力，可以做出诊断。

【治疗】 首先应消除病因，然后应用药物促进瘤胃蠕动，制止异常发酵和腐败。

① 急性：在病初应绝食 1～2 天；慢性：应给予易消化的饲料。

② 促进瘤胃蠕动：口服酒石酸锑钾 2～4 克，每天 1 次，连用 3 天；或静脉注射"促反刍液" 500～1000 毫升；或静脉注射 10% 的氯化钠溶液 300～500 毫升和 10% 安钠咖 20～30 毫升；或新斯的明 20 毫克，1 次皮下注射，隔 2～3 小时再注射 1 次（孕畜忌用）。

③ 伴有瘤胃臌气时应制止发酵，可用松节油 30 毫升或鱼石脂 15～16 克，加水适量灌服；便秘时可用硫酸镁或硫酸钠 100～300 克；继发胃肠炎时可用磺胺类或抗生素药物。

④ 恢复期给予健胃药。龙胆粉、干姜粉、碳酸氢钠各 15 克，番木鳖粉 2 克，混合 1 次内服，1 日 2 次。

二、瘤胃积食

瘤胃积食又称胃食滞，是由于采食大量难消化、易膨胀的饲料所致。以瘤胃内容物大量积滞、容积增大、胃壁受压及运动神经麻痹为特征。

【病因】 过量采食粗纤维性饲料，如麦草、谷草、豆秸、花生藤、甘薯藤、棉籽皮等，特别是半干枯的植物蔓藤类最易致病。或过量饲用豆谷类精料。另外，劳役过度，特别是采食前后过度使役，也可促使本病发生。

【症状】 患畜食欲、反刍、嗳气减少或停止，腹痛不安，瘤胃蠕动微弱或停止，左腹部增大，按压坚硬或呈面团样，患畜有痛感。粪软或腹泻，粪呈黑色，味恶臭，严重者粪中带有血液和黏液。体温一般不高，呼吸、心跳加快。肌肉震颤，运动轻微失调，过食豆谷而发病者，可引起严重脱水及酸中毒，病牛眼球下陷，血液浓缩，呈暗红色。亦可出现狂躁不安、盲目走动或嗜眠卧地不起等神经症状。

【诊断】 根据过食史和临床症状进行诊断。

【治疗】 以促进瘤胃蠕动、排除胃内容物，过食豆谷的病例，要不断补液，并加入碳酸氢钠溶液或乳酸钠溶液，以纠正酸中毒。

① 内服泻剂。用硫酸镁或硫酸钠 400～800 克，加鱼石脂 15 克及水适量，1 次内服；也可用石蜡油或植物油 1000～1500 毫升；或油类和盐类泻剂并用。

② 促进瘤胃蠕动。静脉注射 10％氯化钠 300～500 毫升，或静脉注射"促反刍液" 500～1000 毫升。

③ 过食豆谷的病例，伴有脱水、酸中毒和神经症状时，可补给 5％葡萄糖生理盐水或复方盐水，每天 8000～10000 毫升，分2～3 次静脉注射，同时加入安钠咖及维生素 C；静脉注射 5％碳酸氢钠溶液 500～800 毫升；高度兴奋时，肌内注射氯丙嗪 300～500 毫克。

④ 严重积食，而药物治疗难以奏效时，可采用瘤胃切开术治疗。

【预防】 加强饲养管理，防止牲畜过食，粗饲料应适当加工后再喂，严防偷食豆谷类粮食，适度劳役。

三、瘤胃臌气

瘤胃臌气又称肚胀或气胀，是过量采食易于发酵的食物，在瘤胃细菌的作用下过度发酵，迅速产生大量气体，致使瘤胃急剧胀大，并呈现反刍和嗳气障碍的一种疾病。

【病因】 引起瘤胃臌气的主要原因有：①过量采食青绿、幼嫩、多汁的牧草，特别是豆科牧草，如紫云英、苜蓿等。②采食雨后的青草或有霜、露及冰冻牧草，采食腐烂或含有霉菌的干草。③长期舍饲的牛，一旦外出吃了大量青草，以及入春后由吃枯草突然转入吃青草。此外，有些有毒植物中毒、前胃弛缓、食道阻塞、瓣胃阻塞等均可引起继发性瘤胃臌气。

【症状】 发病迅速，采食后不久即产生臌气，病畜不安，左腹部急性臌胀，按压紧张而有弹性，叩之如鼓。食欲、反刍停止，呼吸困难，结膜发紫，若不及时治疗，可导致胃破裂或窒息而死，继发性瘤胃臌气发展缓慢，臌气时轻时重。

【诊断】 根据腹部急性膨胀、呼吸困难等症状，很容易确诊。

【治疗】 根据发病情况可选用以下一种或几种治疗方法。继发性瘤胃臌气，应首先治疗其原发病。

① 人工放气。严重急性臌气有立即窒息的危险时，用套管针瘤胃穿刺及时放气。选臌胀最突出处剪毛、消毒，用柳叶刀在皮肤切一小口，将套管针直刺入瘤胃，将针栓拔出，气体即可从针孔逸出。同时可从针孔注入一些制酵剂、消泡剂。泡沫性臌气时，放气效果不好。

② 促进嗳气。用短树棍横置于口中，两端拴上细绳，通过两侧口角固定在耳后，再将患牛拉到前高后低的斜坡地面上站立，术者以拳有规律地按压瘤胃。

③ 消除泡沫，制止发酵，防止继续产气。可选用以下药物。

a. 鱼石脂 15～25 克、松节油 20～30 毫升、酒精 30～40 毫升，混合，1 次灌服。

b. 灌服豆油、花生油、棉籽油等任何一种油类，都有破灭泡沫的作用，用量 250 毫升。

④ 对非泡沫性臌气，可内服氯化镁 50～100 克，加水适量，1 次灌服。

【预防】 所有多汁、幼嫩、易发酵的牧草，特别是豆科牧草，应限制饲喂量，或晒干后拌以普通干草饲喂；春夏放牧前应先喂一些富含纤维素的干草，或先放牧于牧草贫瘠的草地；雨后或早上露水未干前不要放牧；不饲喂腐烂、发霉的草料。

四、胃肠炎

牛胃肠炎分原发性胃肠炎与继发性胃肠炎。

【病因与症状】 原发性者是由饲料质量不好（腐败、发霉、变质、带泥沙与霜冻的块根）伤害胃肠黏膜所致。还有饲养管理不当，如：饲料变化突然、饥饱不均、饲喂次序打乱等，致使消化机能紊乱，消化液减少。继发者多见于前胃弛缓、创伤性网胃炎、子宫炎、乳房炎等。多为突发，剧烈而持续腹泻。食欲、反刍减弱，口渴增加，表现腹痛不安，皮温不均，耳角根及四肢末梢变凉。病初体温增高，肠音旺盛、后期变弱，排便失禁时眼窝很快下陷、脱水、四肢无力、起立困难，呈酸中毒症状。

【治疗】 药物治疗首先考虑用抗菌消炎药，如氯霉素、金霉素、黄连素、磺胺嘧啶、人工盐。同时使用心脏保护药安钠咖或樟脑磺酸钠。机体脱水时补葡萄糖、盐水。必要时使用预防酸中毒药物。

五、创伤性心包炎

创伤性心包炎是由于误食金属类尖锐异物，异物由网胃经膈肌刺入心包，引起的心包炎症。临床上以心区疼痛、有摩擦音和拍水音、心浊音区扩大为特征。

【病因】 牛创伤性心包炎因饲养管理不当，饲料中混有金属异物铁钉、铁丝等，牛采食时不仔细咀嚼而咽下，进入网胃后刺穿网胃、膈肌而刺入心包，导致心包炎。

【症状】 病初呈现顽固性前胃弛缓症状和创伤性网胃炎症状。以后才逐步出现心包炎的特有症状，即心区触诊疼痛，叩诊浊音区扩大，听诊有心包摩擦音或心包拍水音，心搏动明显减弱。体表静脉努张，颌下胸前水肿，体温升高，脉搏增数，呼吸加快。

【治疗】 大剂量应用抗生素或磺胺类药物，同时应用可的松制剂，控制炎症发展。心包积液时，可在左侧第六肋骨前缘，肘突水平线上进行心包穿刺，排出积液。抽空后，用生理盐水反复冲洗，再灌注抗生素。

六、创伤性网胃炎

创伤性网胃炎是牛采食饲料时，随饲料吞入的尖锐异物，如：铁丝头、铁钉（针）等，刺伤网胃引起网胃炎。

【病因与症状】 牛采食饲料时，由于采食过急、咀嚼不充分，异物随饲料咽下，沉入网胃，使网胃壁受损。当牛妊娠后期分娩努责时，瘤胃膨胀、腹压增高等使异物刺伤、穿透网胃壁，经膈达心包引起心包炎。异物未刺伤胃壁前，临床上不呈现任何症状，刺伤胃壁后突然出现病状，食欲、反刍次数减少，泌乳量骤然下降，瘤胃蠕动弱或消失。精神高度沉郁，病牛多站立不动，肌肉战栗，万不得已卧下时十分小心并呻吟与磨牙。触诊网胃部位有明显疼痛感，病牛躲闪。在斜坡上行走时上坡快而下坡则小心翼翼。当异物穿破网胃 2～3 天后，体温上升可达 40℃，粪干，量少而黑，表面有黏液，有时发现黏血。呼吸短促，脉搏浅快，全身战栗，消瘦很快。

【治疗】 以预防为主，药物上没有有效治疗办法。

第二节　牛的传染病

架子牛在正常的育肥过程中，由于牛的饲养环境发生变化或长途运输、饲养管理不当、气候突变等原因，造成机体抵抗力下降，引起传染病的发生。目前影响我国肉牛生产的传染病有：炭疽、口蹄疫、布氏杆菌病、结核病、感冒、肺炎、牛流行热、放线菌和牛病毒性腹泻等。

一、炭疽

炭疽是由炭疽杆菌引起的一种急性、热性、败血性传染病。临床主要症状是突然发生，各天然孔流出黑色不凝血液，死亡后表现尸僵不全，血凝不良。全身皮下和浆膜下结缔组织呈出血性胶样浸润，脾脏急性肿大等。

【病原及流行特点】 病原为炭疽杆菌，在空气状况下易形成芽孢，一般消毒剂对它没有作用。主要通过消化道传播，也可通过呼吸道或昆虫叮咬皮肤、伤口传播。病菌能在土壤中存活 60 年。主要感染草食性动物，人对炭疽普遍易感。

【临床症状】 病牛突然发病，体温升高，黏膜发紫，肌肉振颤，步行不稳，呼吸困难，口吐白沫，数小时死亡。病初体温升高到 41～42℃，脉搏、呼吸次数增多，食欲减退，最后废绝，瘤胃中度臌气。鼻腔、肛门、阴门出血或血尿。1～2 天内体温下降痉挛而死。死后腹胀，肛门突出，尸僵不全，各天然孔流出黑紫色的血液。

【病理变化】 死亡尸体禁止解剖。如有必要解剖，可在严防散毒的情况下进行。主要剖检变化为脾脏正常肿大 2～4 倍，包膜紧张或破裂，脾髓暗红如泥。

【诊断】 根据流行病学特点和临床症状可怀疑为炭疽。确诊需进行细菌学和血清学检查。

【治疗】 我国规定患炭疽病的牛只禁止治疗，并按有关规定隔离处理。

二、口蹄疫

口蹄疫是由病毒引起的一种只侵害偶蹄动物的急性、热性和高度接触性传染病。一旦发病，传播快，流行面广，给畜牧业带来的损失较大。临床症状为口腔黏膜、口齿周围、蹄部和乳房皮肤周围形成水泡，人也可感染。

【病原】 病原为口蹄疫病毒，呈球状，对外界环境和一般消毒药抵抗力较强。35℃ 以上的阳光直射 10 小时或 70℃ 30 分钟可杀死病毒，对酸碱敏感；常用的消毒剂有 30％ 的草木灰，2％ 的火碱。病毒有 7 个血清型，其中以 A 型、O 型和亚洲型为主，因外界环境变化易产生变异。

【流行特点】 患病动物是主要的传染源，患畜可在出现症状之前通过分泌物、排泄物排毒。以破溃的泡皮、泡液含毒最高；呼出的气体和粪便次之。通过接触感染或通过空气飞沫传播，包括消化道、呼吸道、皮肤、黏膜的接触。

【临床症状】 一般潜伏期 2～3 天，有的长达 15 天；患畜表现发热 41℃，少食或不食，反刍停止，口流黏沫，在口腔黏膜、齿龈、舌面、上下腭、夹部、蹄、蹄冠、蹄叉及乳房皮肤出现水泡，内有透明的液体，2～3 天破裂，继而形成边缘整齐的明显烂斑。个别的蹄匣脱落。病畜表现疼痛，跛行，或四肢不敢负重，卧地不起；幼畜因心肌炎而死亡。人也感染此病，症状与家畜类同。

【治疗】 治疗的主要原则为强力退烧，加强护理为主。

① 抗菌消炎。常使用的药物有双氯芬、柴胡、克林霉素、林

可霉素、青霉素等。

② 口腔治疗。最实用的方法是用清水、食醋或0.1%高锰酸钾冲洗口腔。

③ 加强护理。饲喂柔软的草料和清洁的饮水，并注意通风、消毒。恶性口蹄疫要注意维护心脏机能，及时使用强心剂（如安钠咖或樟脑）和葡萄糖注射液。

④ 蹄部治疗。可选用3%的克辽林或用3%～5%硫酸铜浸泡蹄部，擦干后用鱼石脂软膏涂抹。

⑤ 乳房治疗。定期挤奶，防止乳腺发炎；可用肥皂水或2%～3%的硼酸水清洗，然后用青霉素软膏或氧化锌鱼肝油软膏涂抹。

【预防】 传染病要传染和流行必须具备传染源、传播途径、易感动物，三个条件缺一不可。

所以，要想消灭和控制传染病，必须通过强制检疫，切断外来传染源；通过强制免疫控制易感动物；必须在发现病牛后及时采取有效措施。

第一，强制消毒、切断传播途径。一是做好日常圈舍的消毒，二是做好对牛、产品交易市场、屠宰场点、运输车及接触物的消毒。

第二，强制免疫，按照国家《动物防疫操作规程》对肉牛进行免疫。

三、布氏杆菌病

布氏杆菌病是由布氏杆菌引起的一种人畜共患的慢性传染病。以侵害生殖系统和关节为特征，怀孕母畜流产，胎衣不下，生殖器、胎膜、睾丸炎症或不育等。

【流行特点】 感染的主要途径为消化道，其次是皮肤。一般情况下，母牛比公牛易患病，成年牛比犊牛易患病。在缺乏消毒防护的条件下，接生、护理病畜最易造成人员感染。

【临床症状】 布氏杆菌病一般为隐性感染，症状不明显。怀孕母畜流产是本病的主要症状。流产多发生在怀孕后期，流产前病畜食欲减退，精神委顿，起立不安，阴道流出灰黄色黏液，出现子宫内膜炎，常伴发胎衣不下，母畜屡配不孕。公畜发生睾丸炎和关节炎。

【病理变化】 流产胎衣呈黄色胶样浸润，表面覆有纤维蛋白和脓液，胎衣增厚，偶有出血点。胎儿皮下和肌肉有出血浸润，真胃内有絮状物，胃肠和膀胱黏膜及浆膜有出血斑点。病公畜睾丸有出血点、坏死灶及组织增生。

【诊断】 根据流行病学的特点、临床症状和病理变化可作为怀疑的参考。确诊需进行细菌学和血清学或变态反应检查。

【防治】 目前没有很好的治疗办法，可每年进行一次冻干布氏杆菌 5 号弱毒苗的预防接种；母畜可在配种前 1～2 月进行。

四、结核

牛结核病是由结核分枝杆菌引起的一种人畜共患的慢性传染病。其特征为渐近性消瘦；以及机体各种组织器官形成结核结节和干酪样的坏死灶。

【流行特点】 牛主要感染牛型结核杆菌，也可感染禽型和人型。病牛是主要传染源，特别是向外排菌的开放性病牛是最危险的祸根。主要以呼吸道传染，病牛咳嗽喷出的飞沫，可使健康牛感染。

【症状】 牛感染本病经过缓慢，病状因病畜身体状况和患病器官不同，在临床的表现也各不相同。牛以肺结核为主，病初表现短促的干咳，以后咳嗽逐渐加重，变为湿咳，呼吸次数增加，流黏性或脓性鼻液，胸部听诊有啰音，甚至摩擦音，叩诊有浊音区。病牛日渐消瘦，贫血，易于疲劳，体表淋巴结肿大。病情严重时，病牛卧地不起，呼吸极度困难，最后衰竭窒息而死。乳房患有结核时，乳房上淋巴结肿大，可摸到局限性或弥漫性无痛无热的硬结。产乳量下降，乳汁稀薄如水或混有脓絮，甚至停乳。患有肠结核（常见于犊牛）时，表现消化不良，食欲不振，顽固性腹泻，迅速消瘦。患有生殖器官结核时，性机能紊乱，流产，不孕。

【病理变化】 病变常见于肺脏、肺门淋巴结、纵隔淋巴结，其次为肠系膜淋巴结和体表淋巴结。在肺脏和其他器官常有突起的灰白色或淡黄色结节，切开后有干酪样坏死，有的可见被钙化。有的坏死组织溶解软化，排出后形成空洞。肠道黏膜可能有大小不等的结核结节或溃疡。乳房结核，切开乳房可见大小不等的病灶，内含干酪样物质。

【诊断】 结核菌素试验是诊断的主要方法。该试验在检疫中也广泛应用，检出率可达95%以上。检查应同时进行结核菌素点眼试验和皮内试验。

【治疗】 优良种畜，可试用青霉素、异烟肼、对氨基水杨酸等药物治疗。

【预防】 应做好以下几点：

① 定期检疫。畜群每年定期进行检疫，发现病牛及时淘汰。引进种畜或调拨畜群时，应隔离观察1～2个月，严格检疫，确为健康者方可引进。

② 加强消毒。结核杆菌在外界环境中生存力较强，因此，必须加强消毒工作，尤其在检出病畜后应进行彻底消毒。平时每月进行2～4次，常用的消毒剂为20%石灰水或20%漂白粉乳剂。

③ 加强综合管理措施，加强饲养管理，提高畜体抵抗力，保持饲料、饮水、用具及环境清洁卫生，注意饲养员和兽医人员的卫生防护工作，定期检查身体，结核病患者不宜接触畜群。

五、感冒

感冒是机体突然受寒冷侵袭而引起的以恶寒发热、流涕、咳嗽为特征的急性发热性疾病。以幼畜发病较多，多发生于早春和晚秋气温骤变的季节。

【病因】 主要是由于饲养管理不当，使牛受寒引起。如圈舍条件差而受贼风侵袭，突然在寒冷气候下露宿，热天出汗后淋雨，使役出汗后拴在潮湿阴凉有穿堂风的地方。

【症状】 病畜精神不振，食欲减退；打喷嚏，流鼻涕，初为清液，后为黄色黏稠鼻涕，常有咳嗽，磨牙，鼻镜干燥；畏寒怕冷，耳鼻俱凉，体温升高。

【治疗】

① 30%安乃近或复方氨基比林，或柴胡注射液20～40毫升，肌内注射。

② 青霉素160万～240万单位，肌内注射，1日3次。或硫酸庆大霉素50万～100万单位，肌内注射，1日2次。

【预防】 加强饲养管理，冬季圈舍注意保温防寒，牛在出汗后避免受凉。

六、肺炎

肺炎是肺泡、细支气管和肺间质的炎症。常见于幼龄和老龄牛。

【病因】 引起本病的原因是多方面的。除特异病原微生物以外，引起感冒的因素也可以引起本病，感冒治疗不及时可发展为本病，吸入刺激性物质（如烟尘、霉菌孢子、氨气等）、寄生虫感染、营养不良、维生素和矿物质缺乏等，均可降低机体抵抗力和肺部防御能力，引起一些非特异性病原微生物感染而发病。

【症状】 病畜体温升高，精神沉郁，食欲减退或废绝；咳嗽，初为干痛咳，随后变为湿咳；鼻流浆液或黏脓性鼻涕；呼吸快而浅表，心跳加快，严重时呼吸困难；听诊肺部有啰音和支气管呼吸音。

【诊断】 根据病畜体温升高，咳嗽，流鼻涕，以及肺部啰音和支气管呼吸音可以做出诊断。

【治疗】 青霉素和链霉素联合肌内注射，每天 3 次，连用 3 天，青霉素，成牛 240 万～480 万单位，犊牛 80 万～240 万单位；链霉素，成牛 100 万～200 万单位，犊牛 50 万～100 万单位。或四环素，1～2 克，溶于葡萄糖生理盐水或 5% 葡萄糖溶液中静脉注射，每日 2 次。或用卡那霉素，每千克体重 0.015 克，肌内注射。或庆大霉素，每千克体重 0.015 克，肌内注射，1 日 2 次，连用 3～5 天，同时内服氯化铵祛痰止咳；强心可用安钠咖或樟脑水；制止肺部渗出，可静脉注射 10% 氯化钙。

【预防】 加强饲养管理，提高畜体抗病力，防止感冒继发肺炎。

七、牛流行热

牛流行热又名牛暂时热或三日热，是由牛流行热病毒引起的牛的一种急性、热性、全身性传染病。特征是突然出现高热，流泪、流涎、流鼻涕，呼吸困难以及四肢关节疼痛而引起的跛行。

【流行特点】 吸血昆虫中的库蚊是本病的主要传播媒介。北方常于 8～9 月份流行，南方可提前发生。流行表现出明显的周期性，

3～5 年有一次较大的流行，常间隔一次小流行。

【症状】 潜伏期 2～9 天，大多 2～4 天。常突然发病，很快波及全群。体温升高到 40～41.5℃，持续 1～3 天，病牛精神委顿，寒战，鼻镜干热，结膜红肿，畏光流泪，食欲废绝，反刍停止，产乳量急剧下降。四肢关节轻度肿胀、热痛，行走僵硬，跛行，重症病牛卧地不起。流浆液性鼻涕，呼吸急促，呼吸次数可达每分钟80 次以上，严重时呼吸困难，大量的流涎呈泡沫样。先便秘后腹泻，粪中带有多量黏液，甚至血液。尿量减少。孕牛可能发生流产、死胎。本病发病率高，死亡率低，一般为 1% 左右，乳牛可达5%。但大部分为良性经过，1 周内可康复。

【病理变化】 上呼吸道黏膜显著充血、肿胀，有点状出血；肺有水肿和气肿，多集中在心叶和尖叶上；淋巴结充血、出血、肿胀；真胃、小肠和盲肠有卡他性炎症或出血。

【诊断】 根据流行特点、临床症状及病变综合分析可做出诊断。确诊需要进行病毒分离（无菌采取发热期抗凝血液）和血清学试验（采取发病期和恢复期病牛双份血清）。

【治疗】 目前尚无特效疗法，主要采用对症治疗。

① 轻症病牛。复方氨基比林 30～50 毫升或 30% 安乃近 20～30 毫升，肌内注射；静脉注射葡萄糖盐水 1000～2000 毫升，0.5% 氢化可的松 30～80 毫升或复方水杨酸钠 100～200 毫升。

② 跛行严重或卧地不起的病牛。用 10% 水杨酸钠 100～200 毫升，3% 普鲁卡因 20～30 毫升加入 5% 葡萄糖 250 毫升，5% 碳酸氢钠注射液 200～500 毫升静脉注射。肌内注射氢化可的松、30% 安乃近、镇跛痛各 20 毫升，还可用 0.2% 硝酸士的宁 10 毫升、维生素 B_{12}（80～120 毫克）等进行穴位注射。

③ 重症病牛。应进行综合治疗。除用解热镇痛剂外，还应冷水洗身或灌肠降低体温；肌内注射安钠咖或樟脑油 10～20 毫升，以强心；静脉放血 1000～2000 毫升，以减轻肺水肿；随即静脉注射糖盐水加维生素 C，以解毒和改善循环；为防继发感染，可使用抗菌药物；呼吸严重困难时可给予吸氧，或皮下注射或静脉滴注双氧水（3% 双氧水 50～100 毫升加入 500 毫升生理盐水中），肌内注射 25% 氨茶碱 5 毫升或麻黄素 10 毫升；瘤胃臌胀时，可内服食醋酸 20～50 毫升，或稀盐酸、乳酸等。

【预防】 加强饲养管理；注意消灭吸血昆虫，以减少疫病的传播；预防接种牛流行热弱毒疫苗，以控制本病的流行。

八、放线菌病

牛放线菌病的主要特征是组织增生和化脓性放线菌肿。

【病因与症状】 主要是由牛放线菌和林氏放线杆菌引起的。多见于牛的上下颌骨的局部肿大。它是通过皮肤、黏膜的创伤感染的。例如，吃干草时刺破口腔黏膜，初期形成肿胀硬块而不易被发现，之后形成核桃大的肿块，有痛感，最后皮肤溃烂、流出脓汁经久不愈，导致咀嚼吞咽、呼吸困难。

【治疗】 牛放线菌病的治疗以抗菌消炎为主。临床上常常使用抗生素（常用青霉素）于患部做封闭治疗，或与碘制剂配合使用。也可使用碘制剂与樟脑、鱼石脂外部涂抹，然后向肿块中央注射抗生素，也可清创、烧烤治疗。

九、牛病毒性腹泻

牛病毒性腹泻也称黏膜病，是由病毒引起的牛的一种以黏膜发炎、糜烂、坏死和腹泻为特征的传染病。本病分布于世界各地。

【流行特点】 本病主要感染牛，幼龄牛更易感。羊、鹿、猪也可自然感染，产生抗体，但很少出现症状。病牛和带毒动物为本病的传染源。病毒随分泌物、排泄物污染饲料、饮水和环境，经消化道和呼吸道传染。自然发病多见于冬春季。

【症状】 多为隐性感染，幼龄牛较易感，一般表现轻度症状，但有时突然暴发，全群表现严重症状。本病依临床症状分为急性和慢性两类。

急性型：突然发热，体温升至40～42℃，白细胞减少，食少或拒食，反刍停止，呼吸、心跳加快，咳嗽，流鼻涕，口腔黏膜潮红，唾液增多，继而出现糜烂。腹泻如水，持续数天，粪便中混有纤维性伪膜、气泡及血液。严重者因脱水和衰竭而死亡。有的病牛发生蹄叶炎和趾间皮肤溃疡或蹄冠炎；蹄部变形。有的病牛结膜发炎，甚至角膜浑浊。母牛泌乳减少，孕牛常发生流产。病程1～3周。犊牛发病死亡率较高，有的报道达90%多。

慢性型：临床症状不明显。病牛呈现生长发育缓慢，消瘦，体重减轻，持续或间歇性腹泻，蹄发炎、变形。病程2～6个月。

【病理变化】 口腔、食道和整个胃肠道黏膜充血、出血、水肿、糜烂或溃疡。淋巴结水肿。

【诊断】 根据临床症状和病变可做出初步诊断，确诊需采集病牛眼、鼻分泌物，尿液和血液以及病死牛的脾、淋巴结等病料，进行病毒分离和血清学诊断。

【治疗】 本病尚无特效疗法。应对症治疗，加强护理，促进病牛康复。

【预防】 加强综合防疫措施，严禁从有病地区购牛，引进的种牛要隔离检疫，确保不引进病畜。发生本病时，病牛应隔离治疗或急宰，牛舍、用具等用10％石灰乳或1％氢氧化钠溶液消毒。粪便和污物堆积发酵处理。可使用弱毒疫苗，有报道用猪瘟兔化弱毒冻干苗对新生犊牛进行免疫预防注射能成功地控制本病流行。

第三节　牛的寄生虫病

寄生虫病是肉牛养殖过程中常见的疾病之一，它通过动物机体引起组织机能障碍而直接影响肉牛的消化吸收，继而影响育肥速度。目前，肉牛养殖过程中常见的寄生虫病有牛皮蝇蛆病、牛新蛔虫病、消化道线虫病、疥癣病和肝片吸虫病。寄生虫的防治必须坚持预防为主，防治结合的方针。

一、牛皮蝇蛆病

牛皮蝇蛆病又名皮蝇蚴病，是由牛皮蝇和蚊皮蝇的幼虫寄生于牛皮下组织所引起的一种慢性疾病。本病可使病牛消瘦，产奶量下降，犊牛发育不良，肉和皮革的质量降低。

皮蝇形如蜜蜂，体表覆有多量绒毛，牛皮蝇长约15毫米，蚊皮蝇长约13毫米。夏季成蝇在牛体表产卵，4～7天后卵孵出幼虫，幼虫沿毛孔穿过皮肤到达体内，移行至食道，约在次年春季，它们在背部皮下寄生2～3个月，逐渐形成一指头大的隆起，隆起上有绿豆大的小孔。最后完全成熟的幼虫（皮蝇蛆）由小孔钻出，落到地面化成蛹，再经1～2个月后，蛹即羽化成蝇。

【症状】 成蝇产卵时，骚扰牛只休息、采食，引起惊恐不安；幼虫移行时，由于分泌毒素，致使患畜消瘦、贫血，生长缓慢，产奶量下降；背部皮下寄生时，皮肤隆起，后来穿孔，容易引起感染化脓，形成瘘管。

【诊断】　在牛背部皮下摸到长圆形的硬结，逐渐增大变成"小肿瘤"，其中可挤出幼虫，即可确诊。

【治疗】

① 2％敌百虫溶液涂擦牛背，每头牛的用药总量约 300 毫升。

② 伊维菌素，每千克体重 0.2 毫克，皮下注射。

③ 皮蝇磷，每千克体重 100 毫克，口服；或每千克体重 15～25 毫克，肌内注射。

④ 用 60 度的酒在有皮蝇蛆寄生的部位周围作点状注射，注射 1 次即可杀死蝇蛆。

【预防】　夏季在成蝇活动季节，经常用 2％倍硫磷溶液、0.05％双甲脒溶液喷洒牛体。也可用当归 1 份，浸泡于 2 倍量的醋中，48 小时后取浸液涂擦于牛背两侧，大牛用 150 毫升，小牛用 80 毫升，以浸湿被毛和皮肤为度。预防效果较好。

二、牛新蛔虫病

牛新蛔虫病即牛蛔虫病，是由新蛔虫寄生于 5 月龄内的犊牛小肠而引起的疾病。犊牛呈现严重下痢和消瘦，重者可导致死亡。

【病因】　牛新蛔虫是经胎盘感染。寄生于犊牛小肠中的成虫产卵，卵随粪便排出体外，在外界发育成感染性虫卵，被怀孕母牛食入，在孕牛体内移行，经胎盘而感染胎儿；或因初乳中存在幼虫，犊牛通过吃奶而感染。犊牛出生后仅 7～10 天即见有蛔虫寄生。

【症状】　病犊牛消化紊乱，食欲减退或废绝，腹泻，甚至排血便，有时腹痛，逐渐消瘦。死亡率较高。

【诊断】　临床症状结合虫卵检查即可确诊。牛新蛔虫呈黄白色，体表光滑，表皮半透明，雄虫长 15～25 厘米，雌虫长 22～30 厘米。虫卵近于圆形、淡黄色，表面具有多孔结构的厚蛋白质外膜。内含单一卵细胞。大小（75～95）微米×（60～75）微米。

【治疗】

① 左旋咪唑，每千克体重 7.5 毫克，1 次口服或肌内注射。

② 丙硫苯咪唑，每千克体重 7.5 毫克，1 次口服。

【预防】　在有本病流行的地方，应加强环境卫生管理，尽早对犊牛驱虫。

三、消化道线虫病

消化道线虫病是多种线虫寄生于牛消化道内引起的疾病。患畜表现贫血、消瘦、生长缓慢，对牛的健康危害很大。

【病因】 寄生于消化道的线虫种类很多，这些线虫共同的特点是虫体小，都取直接发育途径，它们产出的虫卵随粪便排出体外，在适宜的条件下发育为感染性幼虫，牛采食、饮水时食入这些幼虫而被感染。

【症状】 少量感染时，一般不表现临床症状。幼畜或严重感染时，主要表现消瘦，精神不振，食欲减退，贫血，下痢，畜体发育不良，下颌水肿或颈下、前胸和腹下水肿。严重者可导致死亡。

【诊断】 根据临床症状，结合粪便检查，若发现大量虫卵即可确诊。

【治疗】
① 左旋咪唑，每千克体重7.5毫克，1次口服或肌内注射。
② 丙硫苯咪唑，每千克体重7.5毫克，1次口服。
③ 伊维菌素，每千克体重0.2毫克，1次肌内注射。

【预防】 搞好圈舍卫生，特别是饮水卫生；粪便堆积发酵，杀灭虫卵及幼虫；定期进行驱虫。

四、疥癣病

疥癣病是由于疥癣螨虫的寄生引起的皮炎。寄生于牛体的疥癣病有三种类型，由于螨的生活方式不同，经常发生的部位也不一样。据有关资料记载，引起本病最多的是吸吮疥癣虫，其次是食皮疥癣虫。其中食皮疥癣虫曾在我国北方侵害过牛体。

【症状】 病初出现粟粒大的丘疹，随后出现发痒症状。病牛不断在物体上蹭皮，皮肤不断变厚变硬。如不及时治疗，长时间后遍及全身，病牛明显消瘦。

食皮疥癣虫是通过消化道感染的，主要侵害牛的尾根部、肛门、臀部及四肢，有时也发生在背部、胸部及鼻孔周围，是三种类型中最轻的一种。病牛表现剧烈瘙痒，大面积的脱毛，患处出现湿疹或皮炎。疥癣病有病愈后不再复发的特点。

【防治】 首先要改善饲养管理，保持牛舍通风干燥，坚持每天刷拭，保持牛体卫生，破坏虫体生长、繁殖条件。发现病牛，应隔离治疗。

治疗时首先要清除污垢和痂皮，再用温来苏儿水或肥皂水、草木灰水等刷洗患部；必要时可用软化的木刀刮去痂皮，并尽量保持皮肤不出血，洗刷表皮干燥后，即可涂药治疗。每次涂药不能超过总面积的1/3。杀螨药一般不能杀死它的虫卵，因此使用敌百虫时隔5～7天再进行一次，以杀死新生的虫卵。并注意清扫污染物，集中烧毁。

五、牛肝片吸虫病

肝片吸虫病又叫肝蛭病，是由肝片吸虫和大片吸虫寄生于牛、羊肝脏及胆管中引起的疾病。本病是牛重要的寄生虫病之一，能引起肝实质炎、胆管炎和肝硬化等病变，病牛消化不良，生长发育受影响，甚至引起大批死亡。

【流行特点】 本病流行于潮湿多水地区，多雨的年份流行较严重。急性者多发生于秋季，慢性者多发生于冬春的寒冷、枯草季节。

【症状】 症状的轻重取决于感染虫体数量、畜体年龄、体质及饲养管理等。感染虫体数量多、牲畜年龄小、体质弱及饲养管理差则症状重，反之则轻。

患牛表现为贫血，可视黏膜苍白；下颌、胸下等处水肿；被毛粗乱，基干易断、易脱落；食欲减退，慢性下痢，逐渐消瘦。严重感染时出现前胃弛缓，甚至引起死亡。

【病理变化】 急性病例肝肿大、出血，肝实质及表面有许多虫道，内有幼龄肝片吸虫，体腔内充满大量红棕色液体。慢性病例除一般消瘦、贫血外，主要是肝硬化，胆管增生，胆管内充满虫体。

【诊断】 在本病发生地区，一般根据临床症状提出怀疑，确诊需发现虫卵或虫体。肝片吸虫呈淡红色或略带灰褐色，虫体扁平，形状似柳叶，长20～35毫米，宽约5～13毫米。虫卵呈长卵圆形、黄褐色，窄端有不太明显的卵盖，虫卵大小为（117～150）微米×（70～82）微米，卵内充满卵黄细胞和早期发育的胚细胞，细胞的轮廓比较模糊。

【治疗】

① 硫双二氯酚，每千克体重 40～60 毫克，1 次口服。主要对成虫有效。

② 硝氯酚，每千克体重 3～5 毫克，1 次口服。对成虫有效。

③ 溴酚磷，每千克体重 12 毫克，1 次口服。对成虫、童虫均有效。

④ 三氯苯咪唑，每千克体重 10 毫克，1 次口服。对成虫、童虫均有效。

【预防】

① 尽量不到低湿和有椎实螺的地方去放牧。

② 进行预防性驱虫，最好一年进行两次，一次在秋末冬初，另一次在冬末春初。

③ 避免粪便直接下水，粪便应堆积发酵杀灭虫卵，特别是驱虫后的粪便更要处理。

第四节　牛常见的中毒病

一、棉籽饼中毒

棉籽饼中毒是长期饲喂大量未经脱毒的棉籽饼，有毒的棉酚在体内（特别是在肝脏）蓄积，所引起的一种慢性中毒性疾病。

【症状】　食欲减退，消化紊乱，初便秘后腹泻，消瘦，贫血，尿频，尿淋漓或尿闭，尿液浑浊呈红色，有时呼吸困难，有时出现夜盲症，有时出现精神紊乱等症状。

【诊断】　长期饲喂棉籽饼，结合胃肠炎、贫血、尿频、血尿等临床特征可做出诊断。

【治疗】　目前尚无特效解毒药，采取对症治疗。立即停喂棉籽饼，病牛用硫酸钠或硫酸镁 400～800 克，加水 4～8 千克，溶解后一次灌服；或用 25% 葡萄糖溶液 500～1000 毫升、10% 安钠咖 20 毫升、10% 氯化钙溶液 100 毫升，一次静脉注射，每日 2 次。

【预防】　棉籽饼在饲喂前可用 0.1% 硫酸亚铁溶液浸泡 24 小时去毒后再喂；饲喂时采用间歇饲喂法，即喂 2 周停 1 周；注意日食搭配，最好按牛的营养需要制定合理的饲料配方，配合成全价日粮。

二、牛酒糟中毒

【病因】由于日粮配合不均、长期单一饲喂、突然大量喂用（偷食）或饲喂发霉变质、酸败的酒糟，均能引起牛中毒。

【症状】急性中毒牛主要表现为胃肠炎，食欲减退或废绝，腹痛、腹泻或排出恶臭粪便。严重者呼吸困难，心跳加快，兴奋不安，共济失调，步态不稳，四肢无力，卧地不起。

慢性中毒牛主要表现为消化不良，出现顽固性的前胃迟缓，食欲不振，瘤胃蠕动音弱。矿物质吸收紊乱，出现缺钙现象，牙齿松动以至脱落，骨质松脆，容易骨折。母牛流产或屡配不孕。腹泻、消瘦、后肢系部皮肤潮红，形成疱疹（酒糟疹）。水泡破裂形成溃疡面，易感染化脓，疼痛，跛行。严重病例，皮炎可涉及全身，机体衰弱。

【防治】治疗以解除脱水、解毒、镇痛为主。

① 立即停喂酒糟，对症治疗。临床可用1％碳酸氢钠溶液适量灌服。同时用5％葡萄糖生理盐水500～1000毫升，10％葡萄糖酸钙注射液300～500毫升，静脉注射。一次静脉注射。

② 要饲喂新鲜酒糟并控制喂量在5～7千克/天。如发现轻度霉败酒糟，可加入石灰水或碳酸氢钠中和再喂。

③ 注意酒糟保管，贮存时要摊开、遮盖，防止雨水浸泡和日光曝晒，不要贮存过久。同时防止牛偷食，以防中毒。

以上介绍了肉牛常见疫病的发生发展规律、临床症状、预防和治疗处理方法；但在实际生产过程中，每种疫病的临床表现也存在较大差别，一种疫病往往同时伴随着其他疫病的发生，给养殖者的诊断和治疗带来诸多不便。为此，提醒广大养殖者：在系统学习疫病的理论知识基础上，与实际情况相结合，活学活用，在广泛抗菌消炎的基础上，对症治疗。

第十四章 肉牛无公害生产的基本要求

（肉牛生产的食品安全直接或间接地影响着人民的生活健康，甚至会危及生命。因此，建立健全架子牛生产过程中的安全屏障体系，是相当必要的。）

肉牛无公害生产的基本要求就是在架子牛生产过程中，根据当前国家食品安全保障的有关规定，建立健全安全生产体系，找出架子牛生产过程中影响安全质量的关键因素，并对这些因素加以监控和跟踪，以达到产品最终使用安全的综合技术体系（食用品质保证关键控制点，PACCP）。

第一节 国家对肉牛安全生产的基本政策

为了进一步加强农产品质量，保证畜禽产业健康生产，国家先后出台了《中华人民共和国动物防疫法》、《中华人民共和国畜牧法》、《中华人民共和国农产品质量安全法》和其他有关管理办法，以确保动物食品安全。其中影响肉牛安全生产最关键的问题就是疫病对肉牛产业的影响。

《中华人民共和国动物防疫法》对畜禽疫病的预防、控制有着严格的规定：一是要做好疫苗的接种工作。科学合理地获得肉牛有效免疫保护，就应充分考虑当地疫病的流行情况，包括牛的年龄、母源抗体和饲养管理水平、使用疫苗的种类、性质等因素，有针对性地对牛群进行免疫接种。二是做好疫病的控制工作。任何单位及个人，一旦发现畜禽传染病或疑似传染病时，都必须立即报告当地兽医防疫检疫机构，并认真执行有关措施。兽医防疫检疫机构按规定以最快方式逐级上报疫情，并及时派人到现场协助诊断和紧急处理。在尚未作出诊断之前，不得擅自剖检病畜尸体，不得擅自急宰病畜。未经兽医检验，病畜不得食用。三是依据《中华人民共和国

《畜牧法》的有关规定，个人和集体从事畜禽养殖，必须到当地畜牧部门备案，获得批准后方可从事生产活动，并按规定如实填写畜禽养殖档案。

第二节　药物及添加剂的合理使用

一、禁止使用的药物和添加剂

根据中华人民共和国农业部第 193 号公告，在肉牛生产过程中禁止使用的药物及药物添加剂见表 14-1。目前，我国禁止使用的药物及药物添加剂有：β-兴奋剂类、性激素类、具有雌激素作用的物质、硝基呋喃类、硝基化合物、杀虫剂类、各种汞制剂以及催眠、镇静类和硝基咪唑类。

表 14-1　肉牛生产过程中禁止使用的药物及药物添加剂

类别	药物及药物添加剂	禁止用途	备注
β-兴奋剂类	克仑特罗、沙丁胺醇、西马特罗及其盐、酯及制剂	所有用途	
性激素类	己烯雌酚及其盐、酯及制剂	所有用途	
具有雌激素样作用的物质	玉米赤霉醇、去甲雄三烯醇酮、醋酸甲孕酮及制剂	所有用途	
	氯霉素及其盐、酯(包括琥珀氯霉素及制剂)	所有用途	
	氨苯砜及制剂	所有用途	
硝基呋喃类	呋喃唑酮、呋喃苯烯酸钠及制剂	所有用途	
硝基化合物	硝基酚钠、硝呋烯腙及制剂	所有用途	
催眠、镇静类	眠酮及制剂	所有用途	
	林丹(丙体六六六)	杀虫剂	
	毒杀酚(氯化烯)	杀虫剂	
	呋喃丹(克百威)	杀虫剂	
催眠、镇静类	杀虫脒(克死螨)	杀虫剂	
	酒石酸锑钾	杀虫剂	
	锥虫肿胺	杀虫剂	
	五氯酚酸钠	杀螺剂	

续表

类别	药物及药物添加剂	禁止用途	备注
各种汞制剂	氯化亚汞(甘汞)、硝酸亚汞、醋酸汞、吡啶基醋酸汞	杀虫剂	
性激素类	甲基睾丸酮、苯丙酸诺龙、苯甲酸雌二醇及其盐、酯及制剂	促生长	
催眠、镇静类	氯丙嗪、地西泮(安定)及其盐、酯及制剂	促生长	
硝基咪唑类	甲硝唑、地美硝唑及其盐、酯及制剂	促生长	

二、严格执行药物的配伍禁忌

配伍禁忌是指两种以上药物混合使用或药物制成制剂时，发生体外的相互作用，出现使药物中和、水解、破坏失效等理化反应，这时可能发生浑浊、沉淀、产生气体及变色等外观异常的现象。常见的药物配伍禁忌有：

① 青霉素钾（钠）不宜与四环素、土霉素、卡那霉素、庆大霉素、磺胺嘧啶、碳酸氢钠、维生素 C、维生素 B_1、去甲肾上腺素、阿托品、氯丙嗪等混合使用。

② 氨苄青霉素不可与卡那霉素、庆大霉素、氯霉素、盐酸氯丙嗪、碳酸氢钠、维生素 C、维生素 B_1、50％葡萄糖或葡萄糖生理盐水配伍使用；头孢菌素忌与氨基苷类抗生素如硫酸链霉素、硫酸卡那霉素、硫酸庆大霉素联合使用。

③ 磺胺嘧啶钠注射液遇 pH 值较低的酸性溶液易析出沉淀，除可与生理盐水、复方氯化钠注射液、硫酸镁注射液配伍外，与多种药物均为配伍禁忌。

④ 能量性药物：这类药物临床常见的包括三磷酸腺苷（ATP）二钠、辅酶 A（CoA）、细胞色素 c、肌苷等注射液，其中不宜与ATP、肌苷注射液配伍的药物有碳酸氢钠、氨茶碱注射液等；不宜与辅酶注射液配伍的药物有青霉素 G 钠（钾）、硫酸卡那霉素、碳酸氢钠、氨茶碱、葡萄糖酸钙、氢化可的松、地塞米松磷酸钠、止血敏、盐酸土霉素、盐酸四环素、盐酸普鲁卡因注射液等。

⑤ 肾上腺皮质激素类药物：临床常用的有氢化可的松注射液、地塞米松磷酸钠注射液，这类药物如果长期大量使用会出现严重的不良反应。诱发或加重感染类肾上腺皮质功能亢进综合征、影响伤

口愈合等。

三、严格执行药物休药期

休药期是指从最后一次给药时起，到出栏屠宰时止，药物经排泄后，在体内各组织中的残留量不超过食品卫生标准所需要的时间。可参见表14-2。

表 14-2　中华人民共和国 NY 5125—2002
《无公害食品肉牛饲养兽药使用准则》

类别	药品名称	制剂	用法与用量（用量以有效成分计）	休药期/天
抗寄生虫药	阿苯达唑	片剂	内服，一次量10～15毫克/千克体重	27
	伊维菌素	注射液	皮下注射，一次量0.2毫克/千克体重	35
	盐酸左旋咪唑	片剂	内服，一次量7.5毫克/千克体重	2
		注射液	皮下、肌内注射，一次量7.5毫克/千克体重	14
	青霉素钾（钠）	注射用粉针	肌内注射，一次量（1～2）万单位/千克体重，2～3次/日，连用2～3日	28
	恩诺沙星	注射液	肌内注射，一次量，2.5毫克/千克体重，1～2次/日，连用2～3日	14
	乳糖酸红霉素	注射用粉针	静脉注射，一次量3～5毫克/千克体重，2次/日，连用2～3日	21
	土霉素	注射液	肌内注射，一次量10～20毫克/千克体重	28
	盐酸土霉素	注射用粉针	静脉注射，一次量5～10毫克/千克体重，2次/日，连用2～3日	19
	普鲁卡因青霉素	注射用粉针	肌内注射，一次量（1～2）万单位千克/体重，1次/日，连用2～3日	10
	硫酸链霉素	注射用粉针	肌内注射，一次量10～15毫克/千克体重，2次/日，连用2～3日	14
	磺胺嘧啶	片剂	内服，一次量，首次量0.14～0.2克/千克体重，维持量0.1克/千克体重，2次/日，连用3～5日	8
	磺胺二甲嘧啶	片剂	用法与用量与磺胺嘧啶相同	10
饲料药物添加剂	莫能菌素钠	预混剂	混饲，200～360毫克（效价）/（头·日）	5
	硫酸黏菌素	预混剂	混饲，每1000千克饲料，犊牛5～40克	7

表 14-2 中肉牛饲养允许使用的抗寄生虫药、抗菌药和饲料药物添加剂及使用规定，能有效指导人们在生产中正确地使用和执行药物的休药期。

另外，我国还规定在肉牛养殖过程中禁止使用性激素类、β-兴奋剂类、氯霉素及其制剂、安眠酮及其制剂、甲硝唑及其制剂和氯化亚汞类杀虫剂，以确保安全生产。

四、正确合理使用驱虫药物

（1）肉牛驱虫的必要性 肉牛在正常的饲养管理过程中，由于采食粗饲料、牧草等而经常接触地面，因此，消化道易感染各种线虫，体表也易感染虱、螨、蜱、蝇蛆等寄生虫。寄生虫的寄生除直接引起肉牛生长发育受阻、生产性能降低、饲料报酬下降外，严重时还能引起肉牛发病，甚至造成死亡。为此，肉牛在育肥前期的预饲期内必须进行驱虫。

（2）肉牛驱虫的常用药物

① 全群普遍性驱虫用伊维菌素或阿维菌素为好。剂量：0.2毫克/千克体重，一次皮下注射或一次混料喂服。主要用于肉牛体内外寄生虫的驱除。

② 左旋咪唑：剂量 6～8 毫克/千克体重，一次混料喂服或溶水灌服；亦可配成 5％注射液，一次肌内注射。主要用于驱除线虫。

③ 丙硫苯咪唑：剂量 10～20 毫克/千克体重，一次投入口腔深处吞服。也可混料喂服或制成水悬液，一次口服。主要用于驱除线虫。

④ 对体内外寄生虫可用 0.3％的过氧乙酸逐头对牛体表喷洒后，再用 0.25％的螨净乳剂进行一次普遍擦拭。

⑤ 吡喹酮：剂量 30～60 毫克/千克体重，一次投入口腔深处吞服。主要用于驱除吸虫和绦虫。

⑥ 贝尼尔（血虫净）：剂量 3～7 毫克/千克体重，极限量 1克，用水溶解后深部肌内注射。主要用于驱除血液原虫。

第三节　怎样使用牛场消毒剂

正确合理地使用牛场消毒剂，是有效清除和杀灭各种病原微生物的主要途径之一，是降低牛场疫病发生和提高牛场经济效益的必要手段，也是确保牛场安全生产的必要措施。目前，牛场常用的消毒剂原料主要有：火碱、生石灰、百毒杀、福尔马林、高锰酸钾、漂白粉、新洁尔灭等。常用消毒药的使用方法如下。

（1）火碱 配制2％～5％水溶液用于喷洒牛舍、饲槽和运输工具等以及进出口消毒池消毒。牛舍消毒后要用水冲洗，方可让牛进入牛舍；5％的水溶液用于炭疽芽孢污染场地消毒。

（2）石灰乳 消毒时，取一定量生石灰缓慢加水搅拌配成10％～20％的石灰乳混悬液，用于涂刷消毒动物圈舍、墙壁和地面等。

（3）漂白粉 新制漂白粉含有效氯25％～30％，保存时应将其装入密闭、干燥容器中。10％～20％乳剂常用于牛舍、环境和排泄物消毒；1立方米水中加入漂白粉5～10克可作饮用水消毒，现配现用。

（4）甲醛 污染较轻的空间通常按每立方米10克高锰酸钾加入20毫升福尔马林（甲醛水溶液）进行熏蒸消毒；如果污染严重则常将上述两种药品的用量各增加1倍。熏蒸消毒时，可先在容器中加入高锰酸钾后再加入福尔马林溶液，密闭门窗7小时以上便可达到消毒目的，然后敞开门窗通风换气、消除残余的气味。

（5）高锰酸钾 加热、加酸或碱均能放出初生态氧而呈现杀菌、杀毒、除臭和解毒等作用，但高浓度时会出现刺激和腐蚀作用。0.1％水溶液能杀死多数细菌的繁殖体，2％～5％溶液能杀死细菌芽孢。0.01％～0.05％水溶液用于中毒时洗胃，0.1％水溶液外用冲洗黏膜及创伤、溃疡等，需要现用现配。

（6）过氧化氢溶液 1％～3％溶液用于清洗脓创面、0.3％～1％冲洗口腔黏膜。

（7）碘制剂 5％碘酊用于手术部位及注射部位消毒；10％浓碘配为皮肤刺激药，用于慢性腱炎、关节炎等；复方碘溶液用于治疗皮肤黏膜炎症；5％碘甘油治疗黏膜各种炎症。

（8）新洁尔灭 0.1％水溶液用于浸泡器械、玻璃、陶瓷、橡胶制品及皮肤消毒；0.15％～2％水溶液用于牛舍喷雾消毒。

（9）乙醇 70％乙醇可用于人的手指、皮肤、注射针头及小件医疗器械等消毒。

为了确保肉牛生产安全性，依据我国农产品安全生产的有关规定，严格执行 PACCP 全程监控和跟踪，按肉牛传染病防控程序处理动物疫病，执行常用药物的休药期，不使用违禁药物和饲料添加剂，严格消毒制度，真正地建立起肉牛安全生产屏障，确保牛肉产品安全。

第十五章　废弃产品的综合利用

（在正常的肉牛生产过程中，常常产生大量的废弃产品，如粪、尿等，这些粪便如不及时处理，将成为寄生虫和传染病的引发地，并直接影响周围环境的质量。因此，做好肉牛生产过程中废弃产品的综合开发利用是相当必要的。）

第一节　粪便污染综合利用技术分析

随着畜牧产业的发展和壮大，畜禽粪便对环境的威胁日益严重，这些饲养场大多在城市近郊的农村，直接影响城市的环境质量。而污染的最大威胁是来自大型养殖场，用水冲洗清理粪尿，这些粪尿污水如不及时开发利用，将会导致环境污染，破坏生态平衡，影响整个社会的可持续发展。

一、畜禽粪尿对环境的危害

传统养殖是以分散饲养，户营为主的饲养方式，饲养数量少，一般几头，多的也只有十余头，因而产生的粪污较少，完全可以还田作为肥料利用，基本上不对环境构成污染。但是，随着养殖业的快速发展，小规模大群体的集约化生产方式，加快了农村的环境污染速度，直接威胁着城市的水源、环境生态和空气质量。而规模化养殖场集约化程度高，虽然有利于提高畜禽的饲养技术、防疫能力和管理水平，降低生产成本、提高经济效益，但是这种封闭式的集中饲养方式，也造成了粪尿过度集中和冲洗污水大量增加。

为了产品流通和饲养管理方便，一些规模化养殖场建在城市郊区，周围无足够的农田消纳数量众多的粪污；或因人为因素不加以利用，粪污任意堆放和排放，有害气体及生产中的大量尘埃、微生物排入大气，散布于养殖场及附近居民区上空，刺激人畜呼吸道，引起呼吸道疾病，影响人畜健康。另外，粪尿中含有大量的腐败性有机物，进入天然水体后，能使水体浑浊，水色变黄、变黑，水质恶化，不能饲用。如有大量的畜禽粪尿污水及其所污染的水体、饲料和空气，将会导致畜禽疫病和寄生虫病的发生和蔓延，直接影响畜禽的生产水平，严重时将成为威胁畜牧业发展的重要因素。

因此，为了保护环境，有利于生态平衡，一定要改变规模化养殖业的这种"自我封闭"的方式，从建设生态农牧业和保护生态环境出发，运用生物工程技术对畜禽粪尿进行综合处理与利用，合理地将养殖业与种植业紧密结合起来，农牧并举，形成物质的良性循环模式，促进农牧业全面发展。

二、畜禽粪尿的综合利用技术模式

近年来，国内外畜禽粪尿的综合利用技术主要有两大类，即物质生态循环利用型和健康与能源综合系统型。二者间既有许多共同点，也有一些不同点。共同的是都是利用畜禽粪便及养殖场废弃物，基本上是发生着相同的循环。所不同的是，物质生态循环利用型是在经过简单的物理反应后产生新的物质而被利用，其能源资源的深度开发较少，此技术更适合农村的养殖专业村或养殖小区的环境保护。健康与能源综合系统型是对产生的新物质进行更进一步的开发利用，此技术投资大，更适合于规模化养殖场。

第二节　粪便综合利用技术

大规模的养殖和集约化生产，产生大量粪便等废弃物，如何解决好因废弃物带来的环境污染，是当前亟待解决的问题。目前，架子牛副产品的开发利用多达十几种，其中有 4 种方式是养殖户经常使用的：一是利用牛粪生产有机肥；二是利用牛粪加工制作燃料棒，用于发电、取暖；三是利用牛粪做培养基，种植食用菌或制作动物饲料；四是利用牛粪发酵处理技术生产沼气。

一、利用牛粪生产有机肥

新收集的鲜牛粪不能直接当有机肥使用，只有经过堆积发酵，才能施入农田。方法是把牛粪牛尿收集起来，掺上干草和腐烂的青贮等堆积（一般每吨牛粪加 50 千克干草），之后发酵 40 天（图

15-1)。用牛粪作原料生产有机肥（图 15-2、图 15-3），成本小，质量比较稳定，市场销售空间大。据有关资料显示，2000 年生物有机肥在肥料销售总额中仅占 2％，随着有机肥的诸多优势逐步被人们认可，再加上国家政策的支持，专家估计，未来市场有机肥销售额将以每年 5％的速度增长。

图 15-1　牛粪堆积发酵

图 15-2　成型的牛粪肥料

图 15-3　牛粪肥料包装

二、牛粪燃料棒加工处理技术

牛粪燃料棒加工处理技术是指利用大量没有消化完全的植物纤维，通过压缩制成各种空心或实心的棒形燃料，使原本积压成堆，堆在一起的牛粪分离开来，不但利于牛粪的干燥，而且空心的形状有利供氧，也大大提高了燃烧效率，使炉火更旺，燃烧更充分。牛粪的主要成分是纤维素等不易消化的物质，质地黏软，湿度较大，如果与碎煤末或焦末等混合制成生物质型煤，不但可以提高煤的燃烧性能，而且可以降低燃烧时硫的排放量。

为了更好地利用牛粪，解决环境污染问题，在国内研发制造了牛粪制燃料棒设备，此设备（图15-4）通过更换不同的模具和调整压力角大小可生产方、圆、六棱等各种空心或实心棒（图15-5），每小时产量在2吨以上，即产即可上垛（图15-6），无废料、无间歇、无噪声、自动润滑，寿命长，性能可靠，操作安全、方便，自动搅拌，挤压成型，晾晒干燥，用它生产的新型燃料棒好烧，耐燃，用途广泛，可作为煤炭的替代品，广泛应用于城乡生产的各类锅炉。经测试千克产生的热量可达5000多卡❶以上。而且成本仅为煤炭的十分之一，深受人们欢迎。

图15-4　牛粪燃料加工机组

图15-5　成型的牛粪燃料干

图15-6　牛粪燃料干成品垛

三、利用牛粪种植食用菌或制作饲料

　　目前，利用牛粪种蘑菇，成本不大。只要有稻草，或麦秸、玉

---

❶ 1卡＝4.1840焦耳。

米秸、棉花秸秆、锯末等原料，加上牛粪，再加上一些化肥就可以了。它的工序就是，配料—发酵—铺床—播种—养菌—出菇—采收。

牛粪培养基的制作过程为：选未变质的锯末，过筛后在阳光下曝晒 2～3 天（晒时要摊匀、晒透），然后贮存备用。将牛粪晒干、打碎后备用。另外，备足碳酸氢铵、磷酸二氢钾、生石灰、轻质碳酸钙等辅料。将牛粪、锯末按体积比 1：1 的比例混合。同时，加入牛粪和锯末总重量 0.3% 的碳酸氢铵、2% 的磷酸二氢钾、约 2% 的生石灰（生石灰的加入量，根据其质量而定，要求混合均匀后，pH 值为 7.5～8），加 2% 的轻质碳酸钙。混合均匀后加水，使水分含量达 68%～70%。然后建高 1 米、宽 1.2 米，长度不限的料堆。建好堆后插入温度计。当温度上升到 75℃ 左右时进行第一次翻堆（时间约为 10 天）。每次翻堆前，给料堆表面喷少量的石灰水，在发酵过程中，若发现料堆的中下部有变黑的趋势，可用木棍适当打孔通气。一般翻堆 4～5 次，时间间隔为 10 天、9 天、8 天、7 天。若时间来不及，可翻堆 3 次。发酵完后晒干备用，发酵过程中容易出现的问题与处理办法如下所述。

① 料堆不升温或升温缓慢。锯末发酵不如秸秆升温快，若发现升温较慢，可适当加入碳酸氢铵，调节碳氮比，促其升温。若温度能升到 60℃ 以上，则不必调节。

② 料堆中下部变成黑褐色，有异味。这种现象是由缺氧引起的，原因是料堆堆得过大或过实，应抓紧翻堆，翻堆后打孔通气。配制培养基将麦粒煮透后，加入麦粒体积 1/4 左右的锯末发酵料，然后加入生石灰，将 pH 值调至 7.5～8。按干麦粒的重量，加入 1%～2% 的轻质碳酸钙，拌匀后装瓶。锯末料必须细碎，不能有大块，防止因块内干心而导致灭菌不彻底。装瓶时要将料充分混合，瓶子要放正，不能过度倾斜。否则，装瓶后麦粒偏向一侧，锯末偏向另一侧。装料后接入菌种。

用牛粪做培养基生产的食用菌（相关图参见图 15-7～图 15-9），含有丰富的蛋白质，可消化率达 70%～90%，享有"植物肉"之称，还含有人体所需的氨基酸、核酸类物质和多种维生素，对小孩佝偻病、心脏病、神经病、恶性贫血、肠类疾病、肝硬化和坏血病均有一定疗效，深受人们喜爱。

图 15-7　露天牛粪种蘑菇　　　　图 15-8　牛粪蘑菇种植大棚

图 15-9　树林蘑菇种植棚

四、利用牛粪发酵处理技术生产沼气

1. 用牛粪制作沼气操作规程

沼气是沼气微生物在厌氧条件下发酵、分解有机物而产生的一种可燃性气体。其主要成分是甲烷和二氧化碳。一般情况下，农村沼气中甲烷含量占 55%～70%，二氧化碳占 25%～40%，此外还含有少量的氮气、一氧化碳、氢气和硫化氢等。

沼气是一种无色、有特殊气味的可以燃烧的混合气体，沼气中因含硫化氢，所以具有臭鸡蛋味；沼气之所以能够燃烧，是因沼气中含甲烷、氢、一氧化碳、硫化氢等可燃气体。沼气燃烧时，呈淡蓝色火焰，温度高达 1400℃，每立方米沼气燃烧时能够释放 20640～22990 千焦热量。

2. 人工制取沼气必须具备三个基本条件

(1) 沼气池　是与空气隔绝的厌氧装置，保证沼气微生物生活在严格的厌氧环境中，同时便于收集和贮存沼气。

（2）沼气微生物　它们是沼气的生产者。沼气微生物是一些种类繁多、习性各异的专性和兼性细菌，存在于沼气池、粪坑、池塘的料液残渣、粪便、污泥和牛粪中。对这类物质，我们称之为接种物，是沼气池首次投料的必备原料。

（3）发酵原料　能够被沼气微生物分解利用的有机物。农村的沼气发酵原料主要是人、畜、禽粪便，农作物的秸秆、青饲料、杂草等。

3. 沼气池的基本构造与设计施工

（1）沼气池构造　当前农村推广的强回流沼气池，其主要组成部分是：进料口、出料口、水压酸化池、发酵主池、储气箱、活动盖、储水圈、导气管、回流管、出肥间和搅拌出料器。

（2）沼气池容积确定　沼气池容积应根据建池户的发酵原料种类、数量、用气水平和养殖业发展规模、产气率来设计。一般以4～5口之家，每天用气1.2～1.5立方米的标准确定，沼气池平均产气率为0.2立方米/天，为满足全天用气，沼气池容积需8～10立方米，即能满足沼气池具有充足的发酵原料，能够解决一家炊事用能的需要。

（3）沼气池选址规划

①沼气池必须与牛舍和其他污染源统一规划，在进料口位置建造，蹲位高出沼气池平面30～40厘米，牛舍地面高出沼气池平面10厘米以上，地面向沼气池进料口方向倾斜，即达5％～8％的坡度，以便于冲刷，使粪便自流入池。②为减少沼气在输送过程中的管阻，沼气池应尽量靠近厨房，距离在30米以内。③沼气池应离公路18米、铁路15米以上，以免对沼气池造成震动与损害。④应尽量选择地基好、地下水位较低和背风向阳的地方建池，并避开竹林与树林。⑤池址规划要同农房建设、庭院开发等统筹安排，布局合理，优化环境卫生。

（4）沼气池建筑材料　农村沼气池采用混凝土结构，建筑材料有：水泥、中砂、碎石、砖和少量钢筋。现以8立方米沼气池为例说明材料用量：425# 水泥18～20包（50千克/包），中砂2立方米，碎石2立方米（粒径1～4厘米），直径6.5毫米钢筋35～40千克，普通红砖600～700块。建一个8立方米沼气池需投资1400

元左右。

（5）沼气池的施工　沼气池的施工者，必须是经过培训、考核合格，持有上岗证的技工。必须按《农村沼气池施工技术操作规程》，采用砖模或其他模具施工。

（6）沼气是可再生清洁能源　既可替代秸秆、薪柴等生物能源，也可替代煤炭、天然气、液化石油气等化石能源，其燃能效率明显高于秸秆、薪柴、煤炭，一个户用沼气池每年可节省薪柴和秸秆 1.5 吨左右，其热值与 3.5 亩薪炭林或 6 亩林地年生长量相当。由于农村沼气是对人畜废弃物进行无害化处理，可以消灭传染源，切断疫病传播渠道，从而有效改善了农村公共卫生状况，促进了物质高效转化和能量高效循环，推进了农业种养一体化。所以，农村利用牛粪实施沼气工程是相当必要的。

如图 15-10～图 15-13 是有关沼气和沼气池的一些外观图。

图 15-10　沼气池特制模具

图 15-11　沼气池的密封

图 15-12　沼气池地面封口

图 15-13　沼气燃烧示意

附件一　疫苗免疫注意事项

1. 为防止各疫苗间的干扰作用，两种不同疫苗间应该间隔至少 5～7 天进行免疫接种。

2. 注意环境清洁：尽力降低外界环境中的病原浓度。

3. 注意饲料使用：口服细菌类疫苗期间不得饲喂酒糟、抗生素、发酵的酸泔水以及高热饲料等。

4. 免疫期间的用药：免疫前后的 5～7 天内，应避免使用抗生素等对菌苗免疫应答产生负面影响的药品。

5. 免疫后的消毒：在使用各类弱毒活疫苗免疫时，在免疫前后的 7～10 天内严禁使用各类消毒药进行消毒，尤其是严禁饮水消毒和带畜喷雾、熏蒸消毒等。

6. 交叉感染与安全注射问题

① 接种用注射器、针头等，必须严格进行灭菌消毒。

② 坚持做到"一畜一针"，减少交叉感染途径。

③ 紧急接种时，应急性免疫接种应按"相对清净群→假定健康群→受威胁群→发病群"的顺序进行。发病群内按"无症状→轻症状→重症状"的顺序进行。

④ 注射部位一般采用耳后颈侧肌内注射。

7. 疫病期间尽量禁止免疫接种。

附件二 架子牛参考免疫程序之一

根据当前肉牛疫病流行的特点，结合以往疫病的发病规律，在系统地总结各地防疫成功经验的基础上，制定出肉牛生产期间产前、产中、产后的各种防疫程序。

1. 新购入的架子牛于当天对其进行抗生素紧急预防注射，同时，饲料中添加促进消化吸收的健胃药，以增加机体的抵抗力。

2. 架子牛入场后 7 天，进行无毒炭疽芽孢苗皮下接种。

3. 架子牛入场后 10 天，进行第一次驱虫。

4. 架子牛入场后 15 天，进行口蹄疫颈部肌肉免疫接种。

5. 架子牛入场后 20 天，进行布氏杆菌病疫苗免疫接种（以草原、山区为主，其他地区根据自身情况而定）。

6. 架子牛入场后 25 天，进行结核疫苗免疫接种（以草原、山区为主，其他地区根据自身情况而定）。

7. 架子牛入场后 30 天，进行巴氏杆菌灭活苗免疫接种（以草原、山区为主，其他地区根据自身情况而定）。

8. 架子牛入场后 35 天，进行口蹄疫颈部肌肉免疫接种。

9. 架子牛入场后 40 天，进行第二次驱虫。

10. 出栏前 10 天，停止使用各种药物及添加剂。

11. 架子牛出栏。

附件三　肉牛养殖效益分析

以常年存栏 30 头以上的肉牛规模养殖场（拴养），饲养期 150 天，年出栏优质肉牛 70 头为例，需要筹建 32 个单体栏位，即：栏长 4 米，栏宽 1.2 米，栏高 0.9 米，中间过道宽 1.5 米，全部牛舍占地面积为 200 平方米（20 米×10 米），办公用房、饲料车间 80 平方米，道路硬化 100 平方米，永久性青贮池 350 立方米。

一、每头牛承担的建筑费用

① 砖瓦结构牛舍，32 头牛栏位需牛舍 200 平方米，每平方米成本按 300 元计算，需投资 60000 元，预计使用年限 35 年。

每头牛一个育肥周期负担的牛舍费用＝60000 元÷35 年÷70 头≈24.5 元。

② 购置铡草机 1 台 2000 元，可使用年限 10 年；购置粉碎机 1 台 2500 元，预计使用年限 15 年。

每头牛一个育肥周期负担的铡草机费用＝2000 元÷10 年÷70 头≈2.9 元。

每头牛一个育肥周期负担的粉碎机费用＝2500 元÷15 年÷70 头≈2.4 元。

③ 永久性砖混结构青贮池，按平均每头牛一个育肥周期需 5.0 立方米青贮秸秆，全年出栏 70 头牛计算，需建 350 立方米青贮池，每立方米成本按 55 元计算，预计使用年限 20 年。

每头牛一个育肥周期负担青贮池费用：350 立方米×55 元/立方米÷70 头÷20 年≈13.7 元。

④ 办公用房、饲料车间和道路硬化费用：办公用房、饲料车间按每平方米成本 350 元计算，预计可使用年限 50 年。道路硬化按每平方米成本 100 元计算，预计可使用年限 20 年。

每头牛一个育肥周期负担的办公用房、饲料车间费用＝80 平方米×350 元/平方米÷70 头÷50 年≈8.0 元。

每头牛一个育肥周期负担的道路硬化费用＝100 平方米×100 元/平方米÷70 头÷20 年≈7.1 元。

所以，每头牛承担的建筑总费用＝牛舍建筑费用＋铡草机费用＋粉碎机费用＋青贮池费用＋办公用房、饲料车间费用和道路硬化费用＝24.5元＋2.9元＋2.4元＋13.7元＋8.0元＋7.1元≈58.6元。

二、雇工费用

在以上前提下，需工人1个，月工资1440元（按养殖标准一个人喂养30头牛计算，每头牛每天人工费用1.6元）。

每头牛一个育肥周期负担的雇工费用＝1.6元/（人·天）×30天/月×5月＝240元。

三、架子牛育肥的费用

（1）每头牛的购入费用　购进架子牛约250千克，目前市场价格约15元/千克，每头架子牛成本约3750元。

（2）每头牛一个育肥周期的饲养费用

① 平均每天需要的饲料费用为：玉米6.0元；麸子1.0元；精料4.5元；秸秆2.5元。小计：14元。

单价分别为：玉米1.0元/500克，麸子0.75元/500克，精料1.5元/500克，青秸秆0.06元/500克，干秸秆0.4元/500克（目前市场价格）。

② 每头牛每天需要水电费用为：水0.05元；电0.05元。小计：0.10元。

需要的饲养费用为：（14＋0.1）元/天×150天＝2115元。

（3）其他费用　防疫费3.00元；治疗费15.00元。小计：18.00元。

每头牛一个育肥周期的费用＝每头牛的购入费用＋每头牛一个育肥周期的饲养费用＋其他费用＝3750元＋2115元＋18.00元＝5883元。

四、育肥牛的销售价格测算

肉牛经过150天快速育肥，按每头牛每天平均增重1.5千克计算，肉牛育肥后的体重为150天×1.5千克/天＋250千克＝475千克；按目前育肥牛的市场销售价格15元/千克计算，出栏后育肥牛的价格为475千克×15元/千克＝7125元。

每头牛一个育肥周期的利润＝育肥牛的销售价格－每头牛承担的建筑费用－雇工费用－架子牛育肥的费用＝7125元－58.6元－240元－5883元＝943.4元。

  所以，一个常年存栏30头肉牛规模养殖场，一年的养殖效益为：943.4元/头×70头＝66038元。

附件四　部位肉分解与肉质图

附图1　肉牛活体标本部位肉示意图

附图2　肉牛屠宰后胴体部位肉分解图

附图 3 现代化肉牛屠宰线

附图 4 屠宰后的肉牛胴体

附图 5 肉牛胴体分割车间

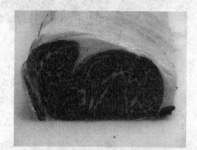

附图 6 大理石花纹的牛肉外脊

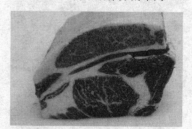

附图 7 大理石花纹的牛肉上脑

附图 8 屠宰后的 A 级牛肉上脑

附图 9 大理石花纹的牛肉上脑切片

附图 10 三号肥牛切片

参考文献

[1] 庞连海. 架子牛快速育肥生产技术. 北京：化学工业出版社，2010.

[2] 河北省农产品质量安全监督管理办公室. 河北省农产品质量安全保障行动文件汇编. 河北省农业厅内部印刷品，2008.

[3] 曹兵海. 肉牛优质生产100问. 国家肉牛产业技术体系通辽综合试验站，2008.

[4] 河北省农业厅. 农产品质量安全监管法律法规选编. 河北省农业厅内部资料，2009.